Les choses
Une histoire des années 60

Georges Perec
Les choses
traduction M...

...

Quel petit vélo à guidon chromé au fond de la cour ?

bunyusha 文遊社

Pourquoi les aspirateurs-traîneaux se vendent-ils si mal?
Que pense-t-on, dans les milieux de modeste extraction, de la chicorée?
Aime-t-on la purée toute faite, et pourquoi?
Parce qu'elle est légère?
Parce qu'elle est onctueuse?
Parce qu'elle est si facile à faire: un geste et hop?

目次

物の時代——ある六〇年代の物語——

ドニ・ビュファールに

文明がわれわれにもたらした恩恵は計り知れず、科学の発明発見によって生じたあらゆる種類の富の生産力は限りを知らない。人間をより幸福に、より自由に、そしてより完全にするための人類のすばらしい創造は数えきれないほどだ。こうした滾滾《こんこん》とわき出る新生活の清澄な泉はたぐいなく豊かであるが、しかしその泉も、獣のような苛酷な労働に従事している人びとの渇いた唇にはいまだ閉ざされたままだ。

マルカム・ローリ(1)

(1)(一九〇九―五七)イギリスの作家。メキシコを舞台に、あるアル中患者の破滅をジョイス的手法で描いた『活火山の下』(四七)が代表作。このエピグラフは『活火山の下』の最終章から取られている。

第一部

視線がまず、細長く天井の高い廊下のグレーの絨毯の上をすべるだろう。両側の壁は明るい色の戸棚で、銅の金具が光っているだろう。版画が三枚。一枚はエプソム競馬の優勝馬サンダーバード、もう一枚は外輪船ヴィル＝ドゥ＝モントロー[1]、三枚目はスチーヴンスンの蒸気機関車の絵だ。版画の前を通りすぎると、革の壁掛の前に立つだろう。それは木目のある黒い大きな木環でとめてあるが、ちょっと手を触れただけでずり落ちそうだ。床はここで絨毯から黄色に近い嵌め木にかわる。色のあせた敷物が三枚、床の一部を覆っているだろう。

ここは居間で、縦七メートル、横三メートルぐらいの細長い部屋だ。左手のアルコーヴみたいなところには、くたびれた黒革の大きなソファーが、そしてその両脇には、乱雑に

（1）フローベール『感情教育』の冒頭に出てくる船。

本の積み上げられた薄色の桜の本箱が置かれているだろう。ソファーの上には、壁幅いっぱいに古い海図が貼られ、背の低い小さなテーブルの向こうの壁には、回教徒の祈禱用の絹の膝敷が掛かっているだろう。入口の革の壁掛と対をなしているこの膝敷は、三個所を頭でっかちの銅釘でとめてあり、その下にはさきほどのソファーと直角に、もう一つの薄茶のビロードのソファーが、その横には長い脚のついた飾り簞笥が置かれているだろう。簞笥は赤褐色の漆塗りで、三段の飾り棚には瑪瑙《めのう》細工、卵形の小石、嗅ぎタバコ・ケース、ボンボン入れ、硬玉の灰皿、真珠貝、銀の懐中時計、カット・グラス、ピラミッド形の水晶、楕円形の額縁に入ったミニアチュールといったこまごました飾り物が並べ立ててあるだろう。その向こうが革張りのドアで、さらにその向こうの隅には幾段かの棚が小箱やレコードを載せ、かたわらの蓋の閉まった電蓄は四個の斜子《ななこ》細工の鋼のつまみだけをのぞかせ、その上に「カルーゼル祭の大パレード」を画いた版画が飾ってあるだろう。クレトン更紗《さらさ》まがいの白と茶のカーテンをつけた窓からは、木々や猫の額ほどの公園や通りの一角が見えるだろう。書類やペン皿の散らばったロール・トップの机の前には小さな肱掛け籐椅子、脇のアテネ風小テーブルの上には電話や革の備忘録、メモ用紙が置いてある。その次がまたドアで、ドアの向こうの低い四角な回転本棚の上には円筒形の青い飾りのついた大きな花瓶に黄色い薔薇があふれ、上方にはマホガニーの枠に入った長方形の鏡が掛かっているだろう。それから細長いテーブルとその前後にスコッチ・ツウィードの腰掛けが二つ。そしてそのあと、はじめの革の壁掛に戻るわけだ。

すべては茶色か、代赭《たいしゃ》色、鹿子《かのこ》色、あるいは黄色に統一されるだろう。それは慎重に、いささか気取って配色された少し古風な色調の世界であるが、その真ん中にはクッションのややはでなオレンジや、装釘本のなかに混じった雑多な色の背表紙などもっと明るい色彩が点在していて、それが人目を驚かすだろう。昼間、光がふんだんに入ってくると、この部屋は薔薇の花があるのに、少し淋しい感じになるだろう。ここはむしろ夜の部屋だ。冬の宵、カーテンをおろし、いくつかの光の斑点——本箱のある一隅、レコード入れ、書きもの机、二つのソファーの間の低いテーブル、鏡に映るぼんやりした物影など——と、磨き込んだ木肌、どっしりした豪華な絹地、カット・グラス、柔らかな革などすべてのものが光っている広い暗闇のなかに身を置くと、それは安らぎの港、幸福の地になるだろう。

最初のドアは寝室に通じているだろう。床には薄色の絨毯が敷きつめられ、部屋の奥いっぱいを英国式ダブルベッドが占めているだろう。右手、窓の両側の細長い二つの飾り棚はあきずに手に取られた愛読書や、アルバム、トランプ、壺、首飾り、その他がらくたものを載せ、左手には、樫材の古い洋服箪笥と二棹《ふたさお》の木と銅でできた衣桁《いこう》が、細縞のグレーの絹地を張った小さな安楽椅子や鏡台と向かい合っているだろう。半開きのドアの向こうは浴室で、厚手の浴用ガウンや、雁首形の銅の蛇口、大きな旋回姿見、英国製の剃刀とその緑の皮ケース、化粧水の壜、角の柄のブラシ、スポンジなどが見えるだろう。寝室の壁はインド更紗《さらさ》で張られ、ベッドには碁盤縞のカバーがかかっているだろう。三方を銅の透かし細工の玉縁で囲んだナイトテーブルには、ごく薄いグレーの絹の笠をつけた銀の燭台や、四角い小さな置時計、脚つき花瓶に生けた一輪ざしの薔薇、その下段には折りたたんだ新聞や雑誌が見え、その向こうのベッドのすそには本革の大きなクッション椅子が置かれているだろう。窓にはボイルのカーテンが銅の金棒をすべり、グレーの厚手のウールの二重カーテンが半ば引かれているだろう。この部屋には夕闇がおりてきても、まだ明るさが残っているだろう。壁には夜の仕度のできたベッドの上方に二つの小さなアルザス風ランプ、その間に細長のすばらしい白黒写真が貼ってある。それは大空に舞う一羽の鳥の図で、そのいささか形式張った美で人を驚かすだろう。

第二のドアを開けると、仕事部屋が現われるだろう。壁は上から下まで本や雑誌で覆われ、装釘本や仮綴じ本の列を断ち切るようにところどころに版画やデッサンや写真――アントネルロ・ダ・メッシーナ(1)の『聖ジェローム』、『聖ジョルジュの勝利(2)』の部分、ピラネーゼの牢獄、アングルの肖像画、クレーのペン画の小景、コレージュ・ドゥ・フランスの研究室におけるルナンのセピア色の写真、スタインバーグ(3)のデパート、クラナッハ(4)のメラン

(1) (一四三〇頃―七九頃) メシナ生まれのイタリアの画家。
(2) カルパッチオ (一四五五頃―一五二五頃) の絵であろう。
(3) アメリカのデッサン画家。その一連のアメリカ生活風景はフランスで好評を博し、ビュトール(『レペルトワール』Ⅳ) やカルヴィーノが讃辞を寄せた。
(4) (一四七二―一五五三) ドイツ・ルネサンスの画家。宗教画、肖像画のほか木版画に秀でた。

ヒトン(1)——が書棚にはめ込まれたパネルに貼ってあるだろう。窓の少し左寄りに、やや斜めにロレーヌ風の長いテーブルがあり、その上には大きな赤い吸取り紙が敷いてある。木の小皿や長いペン皿やあらゆる種類の壺が鉛筆、ジェムピン、ステープル、クリップなどを入れ、ガラス煉瓦は灰皿の役をし、純金の唐草模様を浮かした円い黒革の箱にはタバコがいっぱい詰まっているだろう。帽子形の緑色の乳白ガラスの笠をつけた、うまく回らなくなった古いスタンドから光がさしてくるだろう。テーブルの両側に背もたせの高い、革張りの木の肱掛け椅子がほぼまともに向き合い、さらにその左の壁際にある細長いテーブルから本があふれているだろう。ゆったりとした濃緑色の革のクラブ・チェアの隣にグレーのスチール製整理箱と薄色の木製カード箱が並び、三番目の、さらに小さなテーブルの上には、スウェーデン風のスタンドと防水布のカバーのかかったタイプライターが載っているだろう。一番奥まったところには狭いベッドがあって、ウルトラマリンのビロードのカバーの上に、色とりどりのクッションが置いてあるだろう。部屋のほぼ中央には、木塗りの三脚台に洋銀とパルプでできた素朴な挿絵入りの、古く見せかけた地球儀がのっかり、机の後の、窓の赤いカーテンに半ば隠れているワックスをかけた木の踏台は、この部屋を一周している銅の手摺りに沿って滑走することができるだろう。

こんな環境での生活は、さぞや簡便なことだろう。日常生活のあらゆる雑事、あらゆる問題が、おのずと解決を見出すにちがいない。毎朝、家政婦がやって来る。二週間ごとに、ぶどう酒、油、砂糖が配達される。紋章入りの青いタイルを張った広々とした明るい台所には、金属のような光沢を持った黄色い唐草模様の飾り皿が三枚、あちらこちらに食器棚、中央には美しい白塗りの木のテーブルと床几《しょうぎ》や長い腰掛け。毎朝、シャワーを浴びてからほとんど裸同然でここにきて坐れたら、きっといい気持ちだろう。テーブルには大きな炻器《せっき》のバター入れ、マーマレードの壺、蜂蜜、トースト、二つに切ったグレープ・フルーツ。朝なお早く、こうして五月の長い一日がはじまるだろう。

二人は手紙の封を切り、新聞を開き、最初のタバコに火をつけるだろう。それから家を

（1）（一四九七―一五六〇）ドイツの人文主義者。ルターの宗教改革運動を助けたが、後ルター正統派と対立した。

出る。仕事は午前中の数時間だけで、昼食に二人は落ち合い、その日の気分によって、サンドイッチか焼肉料理を食べ、どこかのテラスでコーヒーを飲み、それからゆっくりと歩いて家に帰るだろう。

二人の住居がきちんと片付いていることはめったにないだろう。しかし、乱雑さこそがまさにこの家の最大の魅力なのだ。彼らは住居のことにはほとんど気を遣わないだろう。ただそこで生活するだけだ。こんな安楽な環境も彼らにとっては既定の事実、はじめから与えられた条件、自分たちの自然の状態であって、関心はむしろ別のところ、つまり、自分たちが開く本、書く文章、聴くレコード、毎日の会話のなかにあるのだ。彼らは熱中するでもなく、急ぐでもなく、苛立つでもなく、ゆっくりと長時間仕事をするだろう。それから夕食をとる、あるいは夕食をとりに町に出る。友だちに出会って、いっしょに散歩することもあるだろう。

本に覆われたこれらの壁と壁の間、ついにはそれがはじめから自分たちのためにこしらえられたかのような錯覚を起こすほどすっかり使い馴らされたこれらの道具、美しく簡素で、柔らかく光っているこれらの調度の間で暮らせば、一生がなだらかに流れてゆくかもしれないと思われることもあるだろう。といっても、二人は自分たちがここに縛りつけられていると思うわけではなく、ときには冒険を求めにゆくこともあるだろう。どんな計画も彼らにとって不可能なものはなく、恨みも苦しみも羨望も彼らは知らないだろう。欲望とそれを満たすべき資力がいつでも完全に合致するからだ。この均衡こそ彼らが幸福と呼ぶものであり、彼らは自らの自由や知恵や教養によってこの均衡を守り、その共同生活のなかでたえずそれを発見することができるだろう。

金持ちになりたい、金持ちになったらきっとそれにふさわしい身の処し方ができるだろう、と二人は思っていた。金持ちらしく着物を着こなし、物を眺め、ほほえむことができるだろう。必要な機知や慎ましさも身につけることができるだろう。自分たちの裕福さを忘れ、それをひけらかさないすべも心得るだろう。豊かさは誇示しなくとも、自ずと外に現われるはずだ。金があったら、きっと楽しみも倍加するだろう。歩いたり、ぶらついたり、選んだり、値ぶみしたり、生きることがむやみに楽しく、自分たちの生活こそは一つの生き方のモデルになるだろう。

しかし、これはことほどさようにたやすいことではない。金持ちでは無論ないが、さりとてそれほど貧しくもないが故に金持ちになりたいと願っているこの若い夫婦にとって、これほど居心地のわるい状態はなかった。彼らが持っているのは分相応なものだけだった。

すでに空間や光や静けさが欲しいと思いはじめていたのに、彼らはそのせせこましい住居や変わりばえのしない食事、ちゃちなヴァカンス、といったみじめとさえ言えない、ただ狭っくるしいだけの——彼らにとっては、おそらくこの方がもっといやなことだった——現実に引き戻されるのだった。それは彼らの経済状態、社会的な地位に相応するものだった。それこそはまさに彼らの現実であり、それ以外の現実はありえなかった。しかし、彼らの家の隣近所や彼らが通らざるをえない通りに沿って、古美術店や食料品店、文房具店などが猫をかぶって愛想よく品物を並べ立てていた。パレ＝ロワイヤルからサン＝ジェルマン、シャン＝ドゥ＝マルスからエトワール広場、リュクサンブール公園からモンパルナス、サン＝ルイ島からマレー地区、テルヌからオペラ座、マドレーヌ広場からモンソー公園へと、パリ全体が絶え間のない誘惑であった。彼らはうっとりとしてただちに、そしていつまでもその誘惑に身を任せたい思いにかられるのだが、しかし彼らの欲望は無情にもその行く手をふさがれていた。彼らのとてつもなく大きな夢は、所詮空中楼閣にすぎなかった。

彼らはちっぽけな、かわいらしいアパートに住んでいた。天井の低い、庭に面した部屋である。最初のころは、昔住んでいた女中部屋――暗く狭い廊下は暖房が効きすぎ、まつわりつくような匂いがこもっていた――を思い浮かべながら、一種陶然とした気持ちで暮らしていた。朝な朝な小鳥の囀《さえず》りが二人を酔心地に誘う。彼らは窓を開け放ち、無上の幸福感に浸りながら長いこと中庭を眺めるのだった。建物は古く、まだ崩れるほどではないが、傷みがひどくて亀裂が生じていた。廊下と階段は狭くて壁は湿気で汗をかき、油気を含んだ煙が滲み込んでいて汚なかった。しかし、二本の立ち木と、形が不揃いで多くは荒れているが、まばらな芝生や鉢植えの花や灌木や素朴な彫像さえ配した五つの小さな庭の間を、一本、不揃いな大きな敷石の小径が縫っていて、それが庭全体に田園風な趣を与えていた。それは秋の日の雨上がりなどに、地面から森や腐植土や枯葉の強い匂いが立ち昇ってくるあのパリでは珍しい場所の一つであった。

彼らはこの庭に、最初のころと同じように、いつもごく自然に魅力を感じて飽きることはなかったが、しかしあまりにのんきな有頂天の数カ月が過ぎると、これらの魅力も自分たちの住居のいろいろな欠点をいつまでも忘れさせるには十分でないことがわかってきた。

不健康な部屋に住み、そこは眠るだけで、一日中あちこちのカフェで過ごすことに馴れていた彼らが、眠る、食べる、読む、喋る、体を洗うといった日常生活のどんなありふれた機能にもそれぞれ特別な空間が必要であることに気づくには長い時間を要したが、そのときから、彼らはその空間がここにはまぎれもなく欠如していることを感じはじめたのだ。環境がすてきだとか、ムフタール通り(1)や植物園に近いとか、表通りが静かだとか、あるいは天井が低いのが魅力だとか、木々や庭が四季それぞれに美しいとか、なんとかかとか自讃して、彼らはけんめいにわれとわが心を慰めた。しかし家のなかでは、寄せ集められた飾り物や家具や、本、皿、反古《ほご》、空瓶などの山の下で、すべてが崩壊しはじめていた。彼らにはまったく勝ち目のない消耗戦が始まろうとしていたのだ。

あえて確かめてみようとはしなかったが、全面積三十五平方メートルという彼らのアパートは、申しわけばかりの玄関と、半分をシャワー・ルームに改造した狭い台所、小ぢんまりした寝室、何にでも——書斎にも、居間にも、仕事場にも、あるいは来客用の寝室にも——利用できる部屋、それに物置とも廊下ともつかぬ、何とも名づけようのない一角

(1) カルチエ・ラタンにあり、庶民や学生のための市場やカフェ、レストランが多い。

（そこは結局、小型冷蔵庫や電気湯沸かし器、間に合わせの衣裳掛け、彼らが食事をとるテーブル、洗濯物入れ兼腰掛けなどによって占領されることになったが）から成っていた。

ときどき空間の欠如が重苦しくのしかかってきて、息がつまりそうになることがあった。二つの部屋の利用面積を拡げたり、壁をぶち抜いたり、廊下や押入れや通路をつくったり、理想的な衣裳簞笥を考案したり、あるいは両隣のアパートをつなぎ合わせることを空想したりしたが、結局はいつも自分たちの分け前、三十五平方メートルという唯一の分け前に立ち戻るのがおちだった。

頭を働かせれば、きっといくらか整理もついたであろう。例えば、仕切りをはずせば遊んでいる広い一角を解放することができ、大きすぎる家具を取り換えればそれだけ余裕が生じ、あるいは少し工夫すれば一連の戸棚を出現させることだってできるのだ。あとは壁を塗りかえ、金具を磨き、愛情をこめて室内を飾りつけさえすれば、彼らの住居は明らかに瀟洒になるに違いなかった。一方の窓には赤いカーテンが、もう一方には緑のカーテンが掛かっている。「蚤の市」でもとめた、少しぐらつく樫材の長机が壁際に置かれ、その上方にはすてきな古い海図の複製が貼ってある。縁に銅の細棒をはめ込んだ、それもいくつか欠けている、マホガニー製の第二帝政時代風のカーテン付き文具箱で長机を二つの面に仕切って、左側をシルヴィ、右側をジェローム用にし、そのいずれの面にも同じ赤の吸取り紙と、同じガラス煉瓦の文鎮、同じ鉛筆立てが置かれている。それに加えて、古い球形のガラス瓶に錫をはめ込んで作ったスタンドや、化粧張りをした十リットル枡を金属で補強した紙屑籠、ちぐはぐな二つの肱掛け椅子、灯心草で座部を張った数脚の椅子、乳しぼりの腰掛け、といったものが上手に按配されているのだ。こうして小ぎれいで気のきいた家具調度全体から、ほのぼのとした親しい感触や、二人の生活や仕事にふさわしい快い雰囲気が生まれてくるはずであった。

しかし、工事のことを考えただけで二人は怖気《おじけ》をふるった。借金もしなければならない。倹約につとめて貯金もしなければならない。そんなことには耐えられなかったし、興味もなかった。オール・オア・ナッシングという形でしか彼らはものを考えることができなかった。本箱ならば明るい色の樫材のものか、さもなければない方がいい。だから本箱はなく、本はうす汚い二段の重ね棚や、おそらく本箱代わりに使うなど予想だにされなかった押入れに二列に積み重ねてあった。三年の間、電気のコンセントが一つ、電気屋を呼ぶ決心がつかなくて壊れたままになっており、そのためほとんど壁という壁の上を太い継ぎ目のあるコードや見苦しい継ぎ足しコードが縦横に走っていた。カーテンの紐一本取りかえるのにも六カ月かかった。毎日の家事のどんな小さな不精も二十四時間のうちには乱雑さとなって現われ、それをすぐ目の前にある気持ちのいい木々や庭がさらにいっそう耐えがたいものにした。

「一時的」と「現状のまま」が絶対君主のように君臨していた。もう二人は奇蹟を待つばかりであった。奇蹟が起これば、建築家や請負人、石工、鉛管工、室内装飾屋、ペンキ屋を呼んで、自分たちは船旅に出かけるだろう。帰ってくると、アパートは改装され、整理されて見違えるように広く新しくなり、取りはずしのきく仕切りや、引戸、人目につかない強力な暖房、見えないところに引かれた配線、上等な家具類など、部屋の大きさに見合ったこまごました調度が備え付けられて、まさしく模範的なアパートが出現しているだろう。

だが、彼らが奇妙な自己満足を感じて見ふけっているこんなとてつもなく大きな夢と、現実的な行動力のなさとの間には、客観的な必要性と彼らの財政的な可能性との折り合いをつけるようなどんな合理的な計画も入り込んではこなかった。果てしもない欲望が彼らを麻痺させていたのだ。

このように単純さや明晰さがほとんど欠けているというのが彼らの特徴であった。無残にも彼らにはゆとり――これがおそらく最も重大なことだったが――がなかった。物質的、客観的なゆとりではなく、一種の濶達さ、大らかさである。彼らはとかく興奮したり、苛立ったり、がつがつしたり、妬んだりしがちであった。彼らの安楽な、より安楽な生活への愛は、たいていばかばかしい宣伝熱となって現われた。例えば、彼らは友人たちとあるパイプや低いテーブルがいかに逸品であるかということについて長々と論じ合い、それらを芸術品や美術館の陳列品なみに祭り上げた。またあるスーツケース――マドレーヌ広場のショー・ウィンドーによく見かけるあの異常に薄っぺらな、表面が少しざらざらした黒革の小さなスーツケースで、そのなかにはニューヨークやロンドンへの特急旅行の、考えられるあらゆる楽しみが詰め込まれているように見えるのだ――に夢中になったり、あるいは誰かがすてきな肱掛け椅子があると言えば、それを見にパリの端から端まで歩いて行ったりした。ときには新しい服を着るのをためらうことさえあったが、衣裳にくわしい彼らには、服というものはまず三度着たあとでなければどうしても着ばえがしないように思われたのだ。しかし紳士服屋や婦人帽子店や靴屋のショー・ウィンドーの前で感嘆のあまり彼らのとる敬虔なしぐさは、多くの場合、彼らをいささか滑稽にするだけであった。

おそらく二人は過去の刻印をあまりにも深く押されていたのだ（いや、彼らだけではない。彼らの友人たちも、同僚も、同世代の者も、彼らがどっぷり漬かっている世界全体がそうであった）。おそらく彼らは、いっきにあまりにも貪欲になり、あまりにも逸《はや》りすぎたのだ。彼らは世界が、物が、つねに自分たちのものでなければ我慢がならず、そうなればそこに彼らは、自分たちの所有のしるしを増やすことができたであろう。ところが、彼らは一つ一つ物を征服してゆかねばならぬ運命にあった。彼らはこれから先次第に金持ちになっていくことはできるが、しかしいまさら、昔からずっと金持ちであったようにはできないのだ。彼らは安楽と美の世界に生きたかったのだが、何かというとすぐに感心して叫び声をあげるところは、その世界に生きていない何よりの証拠であった。彼らには家の伝統——おそらくは最も軽蔑すべき意味での——が、金持ちであるという自明さが、肉体的な幸福を伴って内から黙然と湧き上がってくる真の喜びが欠けていたのだ。彼らの楽しみは頭のなかだけのものであり、彼らの言う豪華なもののなかで彼らが愛しているのは、たいていその背後にあるお金だけであった。彼らは富のしるしに手もなく屈し、人生を愛する前にまず富を愛していたのだ。

学生の世界からはじめて外に出、間もなく彼らの「約束の地」になろうとしているこの豪華な店の世界にはじめて足を踏み入れたころのことが、よくこれを物語っている。そのころ彼らの趣味はまだ固まらず、些細なことにこだわりすぎ、経験は足りず、自分たちが真にいい趣味の手本と考えているものに少しばかげた敬意を払ったりで、ときどきとんだへまをやらかしたり、恥をかいたりした。例えば、ジェロームやその友人たちが服装の手本にしているのは生粋の英国紳士ではなく、最近あちらから移住してきた安サラリーマンが提供するそのきわめて大陸的なカリカチュアのように見える時期があった。あるいは、はじめて英国製の靴を買った日、ジェロームは上等の靴クリームを薄く塗ったラシャの布切れをその靴に軽く押し当て、同心円を描くようにして少しずつ長時間磨いた後、すぐにも見事な古つやが出ると思って御丁寧にも日光にさらしたことがあった。悲しいかな、それは、丈夫な踵革のついたクレープゴム底のモカシン靴を別にすれば、彼の持っているただ一足の靴であった。しかもモカシンの方は頑として履こうとはしなかったから、彼はこの一足をさんざん酷使し、掘り返された道もこれを引きずり歩いて、結局七カ月足らずですっかり駄目にしてしまった。

それから、少し年をとり、経験を重ねたおかげで、どんなはげしい熱情に対してもいくらか余裕が持てるようになったように思われた。二人は待つことを覚え、慣れることを知るようになった。趣味はゆっくりとより安定した、より穏健なものに固まってゆき、欲望は成熟する余裕を持ち、貪欲さも前のようにがむしゃらではなくなった。パリの周辺を散歩する途中で村の骨董屋に立ち寄るような場合でも、もう以前のように陶器の皿だの、教会の椅子だの、柳枝細工で包んだ細口の大瓶だの、銅の燭台だのに飛びつくようなことはしなくなった。たしかに、彼らが心に描く理想的な家とか、申し分のない快適な生活とか、幸福な人生とかの相も変わらぬイメージのなかには、まだ多分に無邪気で、いい気なところがあった。ただ流行の趣味だけが美しいと賞めそやしている、例えばあのエピナール画(1)の贋物やイギリス風の版画、瑪瑙《めのう》細工、糸ガラス製品、ネオ・バーバリズムの飾り物、擬似科学的な器具といった、ジャコブ通りやヴィスコンチ通り(2)のどこの店頭でもすぐ目につくような代物が大好きで、いまだにそれを自分のものにすることを夢みていた。金があれば、彼らは、品物を目にしたとたんに湧き起こってくる、流行の先端をゆき、骨董の通と認められたいというはっきりした欲求を満たしたに違いない。しかし、この度を越えた人まねも時とともに下らぬものに見えてき、自分たちの抱いている生活のイメージが、その攻撃的で、一見はなやかで、ときにたわいない面をすべて徐々に捨て去ったと思うと、われながらうれしかった。彼らはそれまで熱愛していた魔法の鏡や薪割り台やつまらない小さなモビール、ラジオメーター、色とりどりの小石、マチウ風の花押の模様を入れたジュートのパネルなどを焼き捨てた。こうして彼らには、自分たちが次第に欲望を抑えることができるようになったように思われた。彼らはいま何が欲しいかがわかるようになっ

(1) ヴォージュ県の主都エピナールで十八世紀末以来作られている民芸的版画。
(2) 古美術店が軒を並べているパリの通り。

てきた。考えがはっきりし、自分たちの幸福とは何か、自由とは何かということがわかってきたのである。

しかし、彼らは思い違いをしていた。彼らは道に迷っていたのだ。回り路も行き先も知らない道を何者かに引っぱられて行くような気がすでにしはじめていた。ときに恐怖を感じることはあったが、しかし、たいていはじりじりするばかりだった。準備ができているような気がしていたのだ。さあ、もういつでも出発できる。彼らは真の生活がはじまるのを待っていた。お金が入ってくるのを待っていた。

ジェローム、二十四歳、シルヴィ、二十二歳。二人とも社会心理調査員《プシコ＝ソシオローグ》であったが、この仕事は正確には専門職でもなければ職業でさえなく、要するにいろいろな技術を駆使して、さまざまな問題について人びとにインタヴューすることであった。何よりも極度に神経の集中を要求するきつい仕事であるが、しかし面白くないことはないし、それに比較的給料がよい上に、かなり自由な時間が与えられていた。

ジェロームもシルヴィも、ほとんどすべての同僚と同じように、自ら好んでこの仕事を選んだわけではなく、必要に迫られてのことであった。第一、まったくののんきな気質を勝手気ままに伸ばしておいたら、彼らがどんなことになったかわかったものではない。この場合もまた、事の成り行きが彼らに代わって道を選んでくれたのだ。たしかに、彼らとても、できれば人なみに何かに身をささげたい、使命とも呼べるような強い欲求や、勇気をふるい立たせてくれる野心、心を満たしてくれる情熱を心に感じたいと思っていた。だが、悲しいかな、彼らは、自分たちにはただ一つの情熱しかないことを知っていた。それはより安楽な生活がしたいということであり、この情熱が彼らを疲れはてさせていた。

まだ学生だったころ、彼らは自分たちの将来、くだらぬ学士号を取り、ノジャン＝シュル＝セーヌ[1]とか、シャトー＝ティエリ、あるいはエタンプといった町に職を得、わずかな給料を貰って身すぎ世すぎをする、そんな将来を予想するとぞっとして、知り合うとすぐに――ジェロームはそのとき二十一歳、シルヴィは十九歳だった――ろくに相談することもなく学業を放棄してしまった。と言っても、今までだって一度も本気で勉強をはじめたことはなかったが。彼らは知識欲に燃えてはいなかった。それよりはるかに慎ましく、そしてたぶん自分たちは間違っており、早晩後悔する日が来るであろうことを認めつつも、もう少し大きな部屋や、水道、シャワー、学生食堂よりはもっと変化に富んだ、あるいは単にもっと盛りだくさんの食事や、おそらくは車、レコード、ヴァカンス、衣服などが欲しいと思っていたのだ。

すでに数年前から、フランスにはいわゆるモティヴェーション・リサーチ[2]が登場していた。この調査研究はその年もまだ隆盛をきわめ、毎月いくつかの新しい広告代理店がゼロ、ないしほとんどゼロから生まれ、そこへ行けばたやすく仕事にありつけるのだった。それはたいてい、公園や学校の門や郊外の団地などへ出かけて行って、家庭の主婦に最近の広告で何か目にとまったものはありませんか、あればそれについてどう思いますか、などとたずねる仕事であった。テスティングとか一分アンケートとか呼ばれているこの面接調査の報酬は百フランであった。安いことは安いが、それでもベビー・シッティングや、夜警や、皿洗いや、その他伝統的に学生向きのアルバイトとされているあらゆる雑役——ビラ配り、宛名書き、CMの文案作成、大道のもぐり販売、家庭教師など——よりもまだましであった。それに代理店自体が若く、ほとんど職人的な段階にあり、しかも方法が新しくて熟練者もまだ皆無の状態だったので、とんとん拍子の昇進や、目のまわりそうな早い出

(1) フローベール『感情教育』の主人公フレデリック・モローの郷里。
(2) 一般には行動の動機をさぐることであるが、特に商品を買う動機、貯蓄をする動機などの調査研究を言う。

世の希望が何となく感じられたのである。

この予想は間違ってはいなかった。二人は数カ月面接調査にたずさわり、それから、時間のせき立てられたある代理店の主人から急ぎの仕事を委《まか》された。彼らはテープレコーダーを抱えて地方に出かけた。道づれになった、彼らと年がいくらも違わない仲間たちが公開、あるいは非公開のインタヴューの要領を教えてくれたが、実をいえば、これは一般に人が想像するほど難しいことではなかった。二人は相手を喋らせるこつや、自分自身が効果的に話をする術を覚え、こんがらがって口ごもったり、どぎまぎして黙りこくったり、はにかんでほのめかしたりする相手の言動の下に、取るべき道を見つける法を学んだ。また、あの万能の「ふむ」、インタヴュアーが相手の話に間を入れたり、相手に自分を信用させたり、相手の言わんとすることを理解したり、相手を勇気づけたり、質問したり、ときにはおどしたりさえすることのできるあの真に魔術的な相鎚のこつを覚えた。

成績は上々であった。二人は調子に乗って仕事を続けていった。あちこちで社会学や心理学や統計学の断片的な知識を拾い集め、専門的な用語や記号、あるいは相手を引きつけるこつ、例えばシルヴィなら、眼鏡のかけ方、はずし方、メモの取り方、書類のめくり方、店の主人などと話をするときの「……ねえ、そうでしょう……」「……私どもの考えではたぶん……」「……ある程度は……」「……ただちょっとおたずねしているだけなんですが……」などといったほとんど質問らしくない調子の合の手の入れ方、ライト・ミルズ、ウィリアム・ホワイト、さらにラザースフェルド、カントリル、あるいはハーバート・ハイマン(1)とくればなおいいが、そういった自分たちは三ページと読んだことのない学者たちの名前の時宜を得たあげ方、を身につけた。

職業のいろはともいうべきこれら必要不可欠な知識の習得に二人は優秀な素質を示し、モティヴェーション・リサーチとの最初の接触から一年たつかたたないうちに、「内容分析」という責任の重い仕事を委《まか》されるようになった。それはデスク・ワークの幹部に強制的にあてがわれた一つの調査研究グループの主任職のすぐ下にある、すべての職階のうちで最高の、従って給料も最も高く、それ故最も貴重な地位で、その後数年の間、二人はもうこの要職を降りることはほとんどなかった。

そして、四年、いやおそらくは四年以上の間、彼らは調査研究し、インタヴューし、分

(1) いずれもアメリカの社会心理学者。

析した。なぜ橇式電気掃除機は売れ行きがわるいのか？　一般家庭でのチコリ[1]の評判は？　インスタント・ピュレは好まれているか？　その理由は？　あっさりしているから？　口あたりが柔らかいから？　作るのが簡単——ちょっとひとまぜ、ほら、でき上がり——だから？　ほんとに乳母車は高いと思われているか？　親は子供の楽しみのためならいつでも犠牲を払うつもりでいるのではないか？　フランスの女性は誰に投票するか？　チューブ入りチーズは好まれているか？　バスなどの大衆輸送機関に賛成か反対か？　ヨーグルトを食べるとき、まず注意するのは何か？　色？　舌ざわり？　味？　自然の香り？　あなたは本をたくさん読みますか？　少し？　全然？　レストランにはよく行きますか？　奥さん、あなたは黒人にも部屋を貸していいと思いますか？　老人の退職年金についての率直な意見は？　若者たちは何を考えているか？　会社の幹部たちは？　三十代の女性は？　あなたはヴァカンスをどう思いますか？　ヴァカンスをどこで過ごされますか？　冷凍食品はお好きですか？　こんなライターはいくらすると思いますか？　マットレスにはどんな品質を望みますか？　スパゲッティ類の好きな男性のイメージをお示し下さいませんか？　お宅の洗濯機をどうお思いですか？　満足していらっしゃいますか？　泡が立ちすぎるということはありませんか？　汚れはよくおちますか？　下着が裂けることはありませんか？　乾燥機つきですか？　乾燥機つきの方がよいとお考えですか？　鉱山の安全施設は十分だとお思いですか？（相手に話させること。個人的な体験、見聞などを話してくれるよう頼むこと。彼自身これまで怪我をしたことがあるか？　どんな風に？　そして息子は父親と同じように、坑夫にしたいか？　それとも何に？）

そのほか洗濯や下着類の乾燥やアイロンかけに関する問題があった。ガス、電気、電話の問題。子供、衣服と下着、芥子《からし》、袋入りインスタント・スープと鑵入りスープの問題。髪、つまりその洗い方、染め方、長持ちのさせ方、艶の出し方の問題。学生、爪、咳どめシロップ、タイプライター、肥料、トラクター、レジャー、贈り物、文房具、シーツ、テーブル・クロース、ナプキンの類、政治、高速道路、アルコール飲料、ミネラルウォーター、チーズ、鑵詰、電気スタンド、カーテン、保険、園芸の問題等々。

人間に関することで何ひとつ彼らに無関係なものはなかった。

（1）　菊ぢしゃの根の粉末を炒《い》ったコーヒー代用品。

はじめて二人は少しまとまった収入を得たが、自分たちの仕事は好きになれなかった。好きになれるわけがなかった。といって、いやで仕方がないというのでもなく、この仕事からは学ぶことも多いという気がしていた。年々、仕事が彼らを変えていった。それは彼らにとって、まさに偉大な征服の時代であった。無一物の彼らが世界の富をつぎつぎと発見していったのである。

二人はこれまで長い間、まったくの名もない人間であった。いつも学生風の、つまりみすぼらしい身なりをしており、シルヴィはたった一枚のスカートに不体裁なセーター、コールテンのスラックス、ダッフル・コート、ジェロームは垢じみた毛皮の上衣、ぶら下がりの背広、くたびれたネクタイ一本しか持っていなかった。それ故、彼らは有頂天になってイギリス・モードの世界に浸り、はじめて毛織りの衣服や絹のブラウス、ドゥーセ製のワイシャツ、ボイルのネクタイ、絹のスカーフ、ツウィード、ラムズ・ウール、カシミア、ヴィクーニャ、革、ジャージー、リンネルなどを身につけ、また靴の世界にもチャーチズからウェストン、ウェストンからバンティング、バンティングからロッブに至る見事な階級制度があることを知った。

二人の夢はロンドンへ旅行することであった。ナショナル・ギャラリーやサヴィル・ロウを訪れ、ジェロームがなつかしい思い出を持っているチャーチ・ストリートのあるパブにも行きたいと思っていた。しかし、彼らにはそこで、足の先から頭のてっぺんまできちんと身なりを整えるほどの金はまだなかった。パリで、額に汗してけんめいに働いて得た最初の給料で、シルヴィはコルニュエルの絹編みのコルサージュと輸入品のラムズ・ウールのツウィン・セット、筒形の簡素なスカート、非常に柔らかい編み革の靴、孔雀と木の葉模様の絹のスカーフを買った。ジェロームはまだときどき踵のつぶれた靴をはき、髭もそらず、古い襟なしのシャツに木綿のズボンという姿で街をうろつくのも好きだったが、一方ではそれと対照的に、入浴をし、丹念に髭をそり、化粧水をつけ、まだしっとりとした肌に真っ白なワイシャツを着、ウールか絹のネクタイをしめる、といった長い朝の楽しみを味わいはじめた。彼は豪華な「オールド・イングランド」の店でネクタイを三本と、ツウィードの上着や特売のワイシャツ、赤面しなくてすみそうな靴を買った。

それから二人は「蚤の市」を発見したが、これは彼らの人生における大事件の一つであった。そこには長持ちで評判のトレンチ・コートや、スカート、ブラウス、絹のローブ、革の上着、なめし皮のモカシン靴などのかたわらに、アロー、あるいはファン・ホイゼン印の、ボタン留めの長いカラーのすてきなワイシャツが雑然と陳列されていた。これはアメリカの喜劇映画が流行させはじめていた（少なくともごく少数のアメリカの喜劇映画ファンの間で）もので、当時パリの街なかではなかなか見つからないものだった。二人は一週間おきの土曜の朝に、一年、あるいはそれ以上も通い続けて、本箱や陳列台、山積みの商品、ボール箱、逆さに開いた雨傘のなかをあさってまわった。あたりには巻き毛の鬢をのばしたティーン・エージャーやアルジェリア人の時計売り、アメリカの観光客がさんざめいている。ヴェルネゾン市場のガラスの義眼やシルクハットや古い木馬の間から出てきたアメリカ人たちは、マリク市場をぶらつきながら、古釘やマットレス、機械の残骸や取りはずされた部品などのかたわらに、母国で最も信用のあるシャツメーカーのくたびれた売れ残り品を見つけ、その奇妙な運命をいささかびっくりした様子でじっと眺めている。そんななかを彼らは、いろんな種類の衣類や小さな飾り物、雨傘、古い壺、革カバン、レコードなどを古新聞に包んでもらって持ち帰るのだった。

彼らは変わっていった。別人になっていった。といっても、それは別にインタヴューすべき相手と違っていなければならないとか、相手を眩惑しないで、しかも強烈な印象を与えねばならないとかいう、実際上の必要からではなかった。また大勢の人に会うからでもなければ、かつての境遇から永遠に脱出しようとしている——と彼らには思われたが——からでもなかった。常識的な見方ではあるが、ただ金銭が新たな欲求を生み出していったにすぎない。彼らはここ数年ものをよく考えるということがなかったが、もしほんの一瞬でも自分たちの容姿について、さらには自分たちに関わりのあるもの、自分たちにとって大切なもの、自分たちの世界になりつつあるものすべてについて考えてみたら、自分たちの見方がどんなに変わってしまったかに気がついてびっくりしたであろう。

何もかもが新しかった。彼らの感覚や趣味や地位などすべてが、いままでずっと知らずにいたものへ彼らを近づけてくれた。他人の着物に注意を払い、ショー・ウィンドーの家具や小さな飾り物やネクタイに目をとめ、不動産屋の広告の前で夢想にふけった。かつて一度も気にかけたことのなかったものも、いまは理解できるような気がした。街や通りが淋しいとか陽気だとか、静かだとか騒々しいとか、人気がないとか賑やかだとか、そんなことが大切な問題になった。これまでそんなことに関心を持つように仕向けてくれるものは何もなかった。彼らは無邪気に、夢中になって新たな興味を発見し、自分たちの長い間の無知に呆《あき》れるのだった。こんなことをほとんど四六時中考えていることを、いまはもうそれほど不思議には思わなくなった。

自分たちの歩みつつある道、作り上げつつある価値観、将来の見通し、欲望、野心、たしかにこれらすべてがときに絶望的に空虚に思われることがあった。何ひとつ脆弱でないもの、混沌としていないものはないのだ。しかし、それが彼らの現実であった。それが彼らにとって陶酔的という以上に衝撃的な未知の熱狂の源であり、いわば何か無限の可能性に向かって大きく激しくうち開かれたものであった。彼らはときどき、自分たちの生活はいまにアメリカの喜劇映画やソウル・バスのクレジット・タイトルのように魅力と気儘さと幻想に満ちたものになるだろうと思うことがあった。幾筋ものスキーの跡をつけた純白な雪原や、紺碧の海、太陽、緑の丘、石の暖炉にぱちぱちはねる火、豪快な高速道路、一等寝台車、豪華なホテルなどのまばゆいばかりのすばらしいイメージが未来を約束するように脳裏を掠めるのだった。

二人はいま住んでいる部屋と学生食堂を捨て、キャトルファージュ通り七番地の、植物園に近く、回教寺院の向かいにある、かわいい庭に面した二間の小さな貸アパートを見つけた。そうなるとこんどは、絨毯やテーブル、肱掛け椅子、ソファーなどが欲しくなった。

二、三年の間、二人はパリ中を果てしなく歩きまわった。骨董屋の前では一軒一軒足をとめ、デパートに行っては何時間も館内を見歩きながら、感嘆したり、恐ろしくなったりした。しかし自らその恐ろしさを認めたり、このようなあわれな情熱が自分たちの運命とも、存在理由とも、あるいは合言葉ともなろうとしていることを直視したりする勇気がないまま、彼らは自らの底知れぬ欲求や、高価な陳列品や、豊富な商品の山にすでにほとんど溺れんばかりであった。

彼らはゴブランやテルヌ、サン＝シュルピスあたりの小さなレストランや、ひそひそ話が楽しめる人気のないバーを見つけ、週末にはパリの郊外に出、秋にはランブイエやヴォーやコンピエーニュの森に長い散歩をした。それはいたるところで目や耳や口を楽しませてくれるまず最高の喜びであった。

このようにして彼らは、偏狭なプチ・ブルジョアの息子、ついで無気力で個性のない学生として、狭い皮相な世界観しか持たなかった過去よりはいくらか深く現実に入り込んで、紳士とはいかなるものかということを少しずつ理解しはじめたのである。

この最後の啓示、といってもそれは厳密な意味では啓示ではなく、ゆるやかな社会的、心理的な成熟の帰結であって、彼らとしてもそこに至る経過を逐一述べることは至難の業であったろうが、この啓示が彼らの変貌を決定的なものにしたのである。

友人たちに取り巻かれて、二人の生活はしばしばめまぐるしく旋回した。彼らはチームワークのよくとれた、すてきな一団をなしていた。仲間同士の交際はたいへん親密で、互いに影響を与え合って共通の習慣、共通の趣味や思い出を持ち、彼ら特有の言葉や身ぶりを使い、得意の話題に花を咲かせた。お互いが完全に似かようためには見識がありすぎ、多少とも意識的に模倣しまいとするにはおそらくまだ十分な見識を持たなかった彼らは、生活の大半を互いにいろいろなものを交換し合いながら過ごしていた。そのことでいらいらすることもしばしばであったが、しかしそれ以上にそれを楽しむことの方が多かった。

彼らのほとんどは広告業界に属していたが、なかにはとりとめもなく学業を続け、あるいは続けようと努力している者もあった。最初の出会いはたいてい広告代理店のけばけばしい、あるいは一見機能的な店長室で、彼らは吸取り紙にヒステリックに落書きしながら、店長たちのしみったれた注意や不愉快な冗談をいっしょに聞いた。こういう持てる者、搾取者、ピンはね屋に対する共通の軽蔑がときに彼らの最初の相互理解の場になることもあったが、しかし多くは、まず小さな田舎町のわびしい宿屋で五日も六日も暮らすように言い渡され、それがいっしょに刑の宣告をうけたように互いの共感を呼び起こした。旅先では、いっしょの食事のたびに友情も同席させたが、しかし昼食はあわただしく、事務的で、夕食はおそろしくのんびりしたものだった。ただ、突如あの奇蹟的な閃きが起こって、彼らのいかにも広告代理店の外交員らしい悲しみを帯びた顔を輝かせたり、あるいは今宵のこの田舎の夕べを忘れがたいものに思わせ、がめつい宿屋の主人が割増金を請求するありふれたパテ料理をもおいしいと感じさせるようなときは別で、そんなときには、彼らはテープレコーダーのことも忘れ、いつもの上品な調査員の慇懃な口調をうち捨てて、いつまでもテーブルに残って自分のこと、世界のこと、趣味、野心、その他大事小事さまざまなことを話し合うのだった。ときには、どんな田舎町にも必ず一軒はあるべきはずの気持ちのいいバーを求めて町中を歩きまわり、ウィスキーやブランデーやジン・トニックを前に、こういう場所のしきたりともいえるうち解けた調子で、夜ふけまで、自分たちの恋愛や欲望や旅行、反抗、情熱などを語り合い、どんなに自分たちの経歴が似ており、どんなに自分たちの物の見方が一致しているかに驚くより先に、ほとんど有頂天になってしまうのであった。

とはいえ、この最初の共感が過ぎ去ると、親密さが薄らいで、かけ合う電話も次第に間遠になってしまうことが多かった。しかしまた、偶然にせよ、互いの願望からにせよ、この出会いから友情が、あるときはゆっくりと、あるときは急速に芽生え、それが少しずつ深まってゆくことも、たしかに稀にではあるがあった。こうして彼らは何年かの間に、ゆっくりと堅く結ばれていったのである。

彼らはいずれも容易に見分けがついた。あり余るほどの金は誰にもなかったが、よほどの浪費――それが余計なものか、必要なものかはわからなかったが――をした後でなければ、一時的にしろ本当に赤字になるようなことはなかった。彼らの住居は一間のアパートあり、屋根裏部屋あり、古びた建物のなかの二間のアパートありでさまざまだったが、いずれもパレ＝ロワイヤルや、コントルスカルプ、サン＝ジェルマン、リュクサンブール、モンパルナスといったより抜きの町にあって、中はどこも似たりよったりだった。同じような垢じみたソファーや、いわゆる民芸風のテーブルや、本やレコードの山があり、同じような古い壺や瓶、コップ、広口の貯蔵瓶には花や鉛筆や小銭、シガレット、ボンボン、クリップなどが無造作に投げ込んであった。彼らは「マダム・エクスプレス」(1)の、従ってまたその夫の価値のすべてであるあの申し分のない趣味を手本にして、みんなおおむね同じような服装をしていた。いや、服装だけではなく、彼らは多くのことをこの模範的な「エクスプレス」夫妻から学んでいたのだ。

『エクスプレス』はおそらく、彼らが一番大切にしている週刊誌であった。実をいえば、この雑誌はあまり好きではないのだが、それでも買うなり、誰からか借りるなりして、ともかく規則的に読み、それどころか、彼らの告白するところによれば、バックナンバーを保存することさえしばしばだった。しかしその政治路線には賛成できない場合が多く（あるときなどは、その「中尉流」(2)に当然の怒りを感じて、短いパンフレットを書いたこともある）、むしろみんなが一致してその忠実な読者であった『ル・モンド』の分析や、どちらかといえば好感の持てる『リベラシオン』の立場の方がはるかに好きだった。しかし、何といっても『エクスプレス』だけが彼らの生き方にふさわしい雑誌であり、彼らは毎週そこに、自分たちの日常生活の最も身近な関心事を見出していた。もっとも彼らは、それらの記事が事実をいつわり、ゆがめていることに正当な批判を加えることもあったし、また眉をひそめることも稀ではなかった。なぜなら、ほんとに、見せかけの慎ましさや、暗示や、隠された軽蔑、消化不良の欲望、いつわりの熱狂、口説き文句やウインクなどが幅をきかせているあの文体を見るにつけ、『エクスプレス』のすべて——その手段ではなくて目的であり、その最も必要な要素——であるあの広告の見本市を見、すべてを一変させるあのちっぽけな装身具や、安くてしかもほんとに面白いあの小さな品々を見、真の問題の所在を知っているあの実業家たちや、事情に精通し、それを誇示するあのその道の専門家た

（1）『エクスプレス』のモードや日常生活に関する婦人向けの欄。

（2）『エクスプレス』編集長セルヴァン＝シュレベールは当時中尉としてアルジェリアにあった。つまりシュレベール流、エクスプレス流の路線という意味であろう。

ち、あるいはパイプをくわえながらついに二十世紀を生み出すあの大胆な思想家たちを見るにつけ、一言にしていえば、社長用トイレの金の鍵をまだその右手に握っている証拠の屈託のない微笑をたたえて毎週討論や論争に集まるあの指導者たちの集会を見るにつけ、彼らは例のパンフレットの冒頭に書いたあまりうまくない駄洒落を繰り返しながら、『エクスプレス』が左翼の雑誌だというのは確かではないが、不吉な雑誌(1)であることは疑いを入れないと考えないことはなかった。しかしそれは嘘であり、嘘であることは彼ら自身にもよくわかっていた。だが、こう考えることで慰められ、力づけられるのだった。

彼らは自分たちが『エクスプレス』向きにできていることを隠そうとはしなかった。彼らはおそらく、自分たちの自由や知性、快活さや若さにいつでも、どこでも何か適当な意味づけがなされることを必要とし、『エクスプレス』に完全に身を委《ゆだ》ねていた。そうすることが一番やさしいことだったし、『エクスプレス』に対する軽蔑の念そのものが、彼らを正当化してくれたからだ。彼らは『エクスプレス』に支配されていると同じ強さで、それにはげしく反抗していた。彼らはぶつぶつ言いながらそのページをめくり、もみくちゃにして遠くに放り投げ、ときには夢中になって、果てしもなく貶《けな》しつづけることもあった。

が、それでもなお、彼らはそれを読んでいた。これは事実であり、彼らは『エクスプレス』にすっかりかぶれてしまっていたのだ。

『エクスプレス』でなければ、彼らは一体どこにこれ以上に正確な自分たちの趣味や欲望の反映を見出すことができたであろうか。彼らは若かったし、ある程度は金も持っていた。『エクスプレス』は彼らに快適な生活のあらゆるシンボルを提供していた。厚手のバスローブ、胸のすくような社会的欺瞞の告発、流行の海水浴場、異国趣味の料理、有益な助言、鋭い分析、神々の秘密、ヴァカンスの穴場、一つの問題をめぐっての甲論乙駁、斬新なアイディア、不断着のドレス、冷凍料理、優雅な飾り物、上品なスキャンダル、緊急のアドバイス、などなど。

チェスターフィールド風のソファーが欲しい、と小さな声でつぶやくと、『エクスプレス』がいっしょになって考えてくれた。夏休みの大半をつかって、彼らは田舎の売立てを見て歩き、錫の器や座部を灯心草で張った椅子、渇きを誘うようなコップ、角柄のナイフ、りっぱな灰皿になる古ぼけた鉢などを安く手に入れたが、これらはすべて、たしかに、か

（1） gauche（左の）はラテン語では sinister（sinistre 不吉な）である。

って『エクスプレス』に載っていたものか、あるいはこれから載るに違いないものだった。

とはいえ、いざ実際に買物をする段になると、『エクスプレス』推奨の店は敬遠せざるをえなかった。彼らはまだ完全に生活が「安定」してはいなかったし、また「幹部」の資格は認められていても、正規契約の社員には与えられるいろいろな保障も、一カ月分のクリスマスボーナスも、奨励手当も貰えなかった。それに『エクスプレス』は、安くて感じのいいかわいい店（店主は友人で、あなたが品物を選んでいる間、飲み物やクラブ・サンドイッチを御馳走してくれます）、とかなんとかもっともらしい理由をつけて、薬局のように小ぎれいな店を推奨していた。ところがこういう店では、時代の好尚によって人目をひくために、店内をすっかり改装することが求められていた。例えば、壁は野呂塗りの白い壁に、床は黒褐色の絨毯か、さもなければ古いモザイク風の変わりタイル、天井は梁が見えるようにしなければならない。また店内には小さな階段をつけ、本物の暖炉に火を燃し、田舎風の、できればプロヴァンス風の家具を備えるように勧められていた。こうした改装はパリ中に増えてゆき、本屋や画廊、小間物店、流行の装身具や室内装飾の店、さらには食料品店（昔は食うや食わずの小売りの食料品屋が、いつの間にかいかにもその道の通らしく見せる青前掛けを着け、天井には梁が見え、チーズの下には藁を敷いたしゃれた店を構えたいっぱしの「チーズ商」になっていたりすることも珍しくなかった）にまで波及したが、その結果、当然のことながら値が上がり、おかげで手染めの模様の粗ウールのワンピースや、オークニー諸島(1)のある盲目の老婆が織ったというカシミアのツウィン・セット(2)（「草本染め、手紡ぎ、手織りの本場物の独占販売！」）や、あるいはジャージーと皮の豪華な上衣（週末に、狩猟に、ドライブに！）などを手に入れることはこれらの店ではいつも不可能だった。骨董屋は横目でにらみ、家具を買うためには田舎の売立てか、ドゥルウォ通りの「パリ競売所」の最も人気のない部屋（しかもそこにさえ、行きたいときにいつでも行けたわけではない）しか当てにできなかった。同じように、衣裳簞笥の中味も、熱心に「蚤の市」に通うか、あるいは年に二回、イギリスの老婦人たちが聖ジョージ英国教会の社会事業のために催す慈善バザーに行くかして、ようやく少しずつ増えていくのだった。このバザーには外交官たちの廃品――もちろんまだ十分使いものになる――

（1）　スコットランド北方に群がる島。
（2）　カーディガンつきのジャンパー。

がたくさん出品されていた。厚い人込みのなかにわけ入って、ぞっとするような古着の山——イギリス人といえども、必ずしも評判どおりのいい趣味を持っているわけではない——をひっかきまわし、ようやくにして、とびきり上等だが大使館の書記官には軽薄すぎると思われるネクタイとか、昔はすてきだったに違いないワイシャツとか、丈をつめなければならないスカートなどを見つけ出すのには、ちょっとばつのわるい思いをすることがしばしばだった。もちろん、これか、それとも何も買わないかのいずれかしかなかった。彼らの着物に関する趣味の質と、ふだん自由にできるお金の量との間の、何を買うにも現われる不釣合いは、彼らの置かれている具体的な立場の明白な、しかし結局のところ二義的な——なぜなら、それはなにも彼らだけに限ったことではないからだ——しるしであった。年に三回、あちこちに見られる見切り品売出しで買い物をするくらいなら、むしろ中古品の方がよかった。彼らの世界では、いつも買える以上のものを欲しがるのが仕来りみたいになっていた。しかしそう決めたのは彼らではなくて、文明の法則であり、既成の事実であって、広告一般、雑誌、ショー・ウィンドーの飾りつけ、街の光景、さらにある点では、すべて一般に文化製品と呼ばれているものさえその最も適切な表現であった。従って、彼らがときどき誇りを傷つけられたように感じるのは間違っていた。おずおずと値段をきいたり、ためらったり、値切ってみたり、中へ入る勇気もなく店頭を横目でにらんだり、欲しがったり、しみったれた様子をしたりといったあのちょっとした屈辱もまた商売を成り立たせているのだ。何かを安く買ったとか、ただで、あるいはただ同然で手に入れたとか言っては自慢し、この上もなく美しいもの、二つとなく美しいもの、申し分のないもの、そうとしか言いようのないものを細かく調べもしないで、夢中でいっきに、とても高い、あるいは最も高い値段で買ったとか言ってはさらにいっそう鼻を高くするのだった（しかし、人は高すぎるものを買う喜びのために、いつも少し高すぎる金を払うものだ）。しかし、この屈辱も誇りも同じように働いて、彼らに同じ幻滅と同じ不機嫌をもたらすのがおちだった。そして彼らは、いたるところ自分たちを取りまいているもののすべてに教えられ、キャッチフレーズやポスター、ネオン、イリュミネーションで飾られたショー・ウィンドーなどから毎日毎日頭にたたき込まれて、自分たちが相変わらず水準より少しばかり低いところに、相変わらず少し低すぎるところにいることを思い知るのだった。しかし幸いにして彼らは、まだ完全に好運に見放されたわけではなかった。見放されるなんてありえないことだった。

彼らは「新しい人間」だった。まだ歯の生え揃っていない若い幹部、成功の道半ばにあるテクノクラートだった。ほとんどが中産階級の出だが、その価値観にはみんなが慊《あきた》らなさを感じていた。彼らは羨望と絶望の眼差しで、富豪たちの誰の目にも明らかな何不自由のない、贅沢で安楽な生活を横目づかいに眺めるのだった。彼らには誇るべき過去も伝統もなく、遺産のあてもなかった。ジェロームとシルヴィの仲間のうちにたった一人、金持ちでしっかりした家の者がいた。北フランスの毛織物問屋で、リールに数軒の家作とボーヴェ近郊に別荘を一つ、その他各種の有価証券や金銀細工、宝石を持ち、住居のどの部屋にも百年前の家具がいっぱいといった豪商の家の息子であった。この一人を除いて他の者はみんな、幼時をチペンデール風[1]か、あるいは鄙《ひな》びたノルマンディ風の食堂と寝室で過ごした。それは一九三〇年代初期に流行しはじめた様式で、中央に深紅のタフタのカバーのかかったベッド、衣裳箪笥は鏡と金箔で飾られた三枚扉、テーブルはおそろしく真四角で、これを弓なりに反らした脚が支え、壁には模造の鹿の角のコート掛けがしつらえてあった。

彼らは夜になると、そんな部屋の天井から垂らした電燈の下で宿題をした。ごみを下におろしたり、牛乳を買いに走ったり、機嫌がわるいとドアをばたんとたたきつけるようにして家をとび出したりしたものである。彼らの子供のころの思い出は、その後たどった道と同様よく似ていた。家庭の環境からのゆるやかな脱出も、彼らが選んだように見える未来の設計図もそっくりといってよかった。

つまり、彼らは時代の子であった。彼らは元気旺盛であった。そうやすやすとだまされはしないと言い、人を遠ざけるすべも心得ていた。彼らはのびのびとしていた、あるいは少なくとものびのびするように心がけていた。ユーモアも持っていた。おれたちが愚かだなんて、とんでもないと思っていた。

少し深く分析してみれば、こうした彼らのグループのなかにもさまざまな暗流や、陰に

（1）　十八世紀に流行した曲線の多い家具装飾様式。

こもった確執のあることが容易に明らかにされたであろう。細かく厳しい社会測定[1]の専門家なら、彼らの間にある溝や排他的感情や隠された恨みなどをいちはやく発見したに違いない。ときには彼らのうちの誰彼が多かれ少なかれ偶然の出来事や、ひそかな挑発や、言わず語らずの仲たがいなどのために、仲間うちに不和の種をまくことがあった。そうすると、いままでのうるわしい友情はたちまちにして崩れ去り、呆《あき》れかえったふりをして、誰それは気前のよい男だと思っていたのに卑しさのかたまりみたいな奴だとか、また誰それは血も涙もないエゴイストにすぎない、などと思うのだった。こうして突然葛藤がはじまり、完全な絶交状態になる。ときには互いにあら探しをしては意地のわるい喜びを味わったり、あるいは長い間ふくれっ面をしたり、わざとよそよそしい冷淡な態度をとったり、互いに相手を避け、避けることをたえず正当化したりしたが、結局時が来ると、許し合い、忘れ合い、心から和解し合うことになる。要するに、彼らはお互いなしにはやってゆけないのだった。

彼らはこうした遊びに忙殺されて、他にいくらも使いようのある貴重な時間をつぶしていた。しかしこのような性向のため、ときにそれがどんなに腹立たしく思われることがあっても、彼らはほとんど完全に自分たちのつくっているグループに規定されていて、グループを離れては真の生活はないといってよかった。もっとも、あまり頻繁に会わないように、いつもいっしょにばかり仕事をしないように気をつける賢明さは持ち合わせていたし、個人の活動や私生活の領域を守る努力さえ怠らなかった。そのため、彼らは私生活のなかに逃れ、一種のマフィア、あるいはチームともいうべきグループそれ自体ではもちろんなくて、グループを支えている仕事のことをいくらか忘れることができた。というのも、彼らのほとんど共同生活のような生活のおかげで、研究も地方出張も、夜の分析や報告書の作成もずっと容易になった反面、いやでもそういう仕事を強いられていたからだ。これこそ彼らの秘められた悲劇、共通の弱点といってよく、彼らはそれを決して口にすることはなかった。

彼らの最大の楽しみは共に忘れること、つまり気晴らしをすることであった。まず飲む

(1) 集団のなかの人間関係を測定し、集団の構造や変化を知る方法。

のが大好きで、よくみんなで痛飲した。ドヌー通りのハリーズ・ニューヨーク・バーやパレ＝ロワイヤルのカフェのバルザールやリップなどによく行ったが、ミュンヘンビールや、ギネスの黒ビール、ジン、沸騰しているポンスや冷たいポンス、果実酒が彼らの好みだった。ときには臨時にテーブルを二つくっつけ、そのまわりに肩寄せ合って、夜のふけるのも忘れて果てしもなく飲み、かつ語り合うことがあった。かつて夢みていた生活について、いつか書きたいと思っている本、やりたいと思っている仕事について、見た映画や見ようと思っている映画について、人類の未来や政治状勢について、昔のヴァカンスやこれからのヴァカンスについて、田舎への散策やブリュージュ、アントワープ、バーゼルへの小旅行について、などなど。そしてときにはこうした集団的夢想にいよいよ熱中し、夢を覚まそうとするどころか、互いに暗黙のうちに共謀して執拗にそれを追いまわし、あげくの果ては現実との接触を完全に失ってしまうありさまだった。そんなとき、この一団のなかから手がすうっと一本あがることがある。するとボーイがやってきて、空の炻器《せっき》のジョッキを持ち去り、別のを運んでくる。やがて会話は次第によどんでゆき、いまはもうさっき飲んだばかりのビールや、酔いや渇きや幸福の上をただ空転するばかりだった。

彼らは自由を熱愛していた。全世界はおれたちの身丈に合っている。おれたちはおのれの渇きの正確なリズムに合わせて生きている。おれたちの活力は和らげるにすべなく、熱狂はもはや限界を知らない。一晩中でも歩き、走り、踊り、歌いつづけることができるだろう――彼らはそんな気がするのだった。

翌日は仲間に会おうとはしなかった。夫婦者は家に閉じこもり、胸がむかつくので絶食をして、さかんにブラックコーヒーや沸騰散を飲んでいたが、日が暮れてからやっと外に出て、高いスナックバーにボイルド・ステーキを食べに行った。彼らはもうタバコをすうまい、酒も飲むまい、むだ遣いもすまいと堅く心に決めた。彼らは自分が頭のからっぽな、愚かな人間のような気がしたが、しかしあの忘れがたい酒宴を思い出しては、いつもある種のなつかしさや、ただわけもない苛立ちや、曖昧模糊とした感慨を覚え、まるで彼らを酒盛りにかりたてた衝動そのものが相互の無理解をいっそう根深く、苛立ちをいっそう執拗に、矛盾をいっそう出口のないものにしただけで、そこから逃れることはできないかのようだった。

あるいはまた、仲間の誰彼の家に集まって、とてつもないお祭り騒ぎの晩餐会を催すこともあった。たいていどこの家も、ときには動きもとれないほどの小さな台所しかなく、食器類はなかに少し高級な品もまじってはいるが、みんな半端ものだった。テーブルの上には薄いカット・グラスのコップの隣に芥子《からし》の入ったコップが並んでいたり、包丁の横には紋章入りの小さな銀のスプーンが置いてあったりした。

彼らはみんなでムフタール通りの市場から籠いっぱいのメロンや桃、チーズ、羊の股肉、家禽、旬《しゅん》の牡蠣、鉢蒸しのパテ料理、キャビアやイクラ、箱詰めのぶどう酒、ポート・ワイン、ミネラルウォーター、コカ・コーラなど食糧を両脇に抱えて帰ってくるのだった。

いつも彼らは九人か十人だったから、中庭に面したたった一つの窓からしか光の射し込んでこない狭いアパートはたちまちいっぱいになった。奥のアルコーヴにはささくれたビロード張りのソファーがあり、お膳立てのできたテーブルを前にしてソファーに三人、他の者は思い思いに不揃いの椅子や腰掛けに坐る。こうしてたっぷり何時間もかけて飲んだり食ったりするのだが、賑やかで豊富なこんな食事も実は奇妙なもので、料理についてきびしい見方をすれば、彼らの食べるものは大変まずいものだった。ローストビーフも鳥の肉もまるきりソースなしだったし、野菜はいつもじゃがいものバター炒《いた》めか茹《ゆ》でたもので、月末になるとそれがさらにめん類か、あるいはオリーブやアンチョビー入りの米を主にした料理になってしまうありさまだった。彼らは料理の研究などには全然関心がなかった。一番こみ入ったものがポート・ワイン入りのメロンとか、バナナ・フランベ、あるいはきゅうりのクリームあえといったところであった。世には料理法、もしくは料理術といったものがあり、自分たちが何よりも好んで食べていたものがほとんど何の料理の手も加えていない、風味に欠けた代物であったと気がついたのは何年も後のことであった。

ここにもまた、彼らの立場の曖昧さが現われていた。彼らが豪華な食事ということで思い浮かべるものは、これまで長い間そればかりを食べてきた学生食堂の食事に正確に一致していた。薄くて堅いビフテキばかり食べてきた彼らは、シャトーブリアンやヒレ肉を崇拝していた。シチューの類には魅力を感ぜず、ポトフさえずっと敬遠していた。それというのも、小さな脂肪の切れっぱしが三個の人参の輪切りのなかに泳いでい、隣には頭をかしげた小さな円筒形のクリーム・チーズと一匙のゼリー風のジャムとが仲よく並んでいるといった光景がまだあまりにも鮮明に思い出されるからであった。彼らはある意味で、すべて料理の手間が省けてしかも見ばえのするものが好きであった。総じて人目をひく豊かさ、豪華さが好きで、まずい材料を御馳走に変え、フライパンや鍋、肉刻み包丁、漉《こ》し器、オーブンなどの世界を予想させるゆっくりと手の込んだ料理は真っ平であった。しかし町の豚肉屋を見ると、ときに喜びのあまりほとんど気絶せんばかりになることがあった。そこに売っているものがすべて即席の食品ばかりだからだ。彼らは肉パイやマヨネーズの飾りをつけた野菜サラダ、ハム・ロール、卵ゼリーなどが好きで、それらを見るとつい誘惑に負けて買ってしまう。そしてひとたび目が満足すると、一切れのトマトと二本のパセリを入れたゼリーにフォークを突きさした途端、しまった、と思うのだ。こいつぁ、要するに茹《ゆ》で卵にすぎないではないか。

また忘れてはならないものに映画があった。これだけはおそらく、彼らの感覚が自らすべてを学びとり、誰の模倣もしなかった唯一の領域であった。年齢からいっても、教育からいっても、彼らは映画が一つの芸術という以上に、一つの真実のあかしとなった最初の世代である。彼らはもの心ついて以来、つねに映画と共にあった。それももう幼稚な段階のものではなく、一挙に傑作の数々に出会い、すでに映画にまつわる神話さえできていた。彼らにはときどき、自分たちが映画と共に成長し、自分たち以前の誰よりも映画を理解しているのではないかと思われることがあった。

彼らは映画ファンであり、それが彼らの一番の情熱であった。毎晩、あるいはほとんど毎晩、せっせと映画館に通った。彼らはそれが美しくさえあれば、それが彼らの心を動かし、奪い、魅了しさえすれば、映像そのものが好きだった。登場人物たちが空間と時間と動きを征服するのが好きだった。ニューヨークの町々の雑踏や、熱帯地方の無気力や、アメリカ西部の酒場の荒々しさが好きだった。彼らはたった一人の人間、例えばエイゼンシュテインとか、ブニュエル、アントニオーニ、あるいはまた——一つの世界を形成するにはすべてが必要だ——カルネ、ヴィダー、アルドリッチ、ヒチコックだけを盲愛するあの鈍物たちのように狂言的でもなく、批判力を失って、青空が青い空で、シド・チャリシーのドレスの淡紅色がロバート・テイラーのソファーの暗紅色とはっきりと対照をなしていさえすれば天才呼ばわりをするあの幼稚な人びとのように無定見でもなかった。彼らにもちゃんと好みがあり、いわゆる深刻な映画は毛嫌いしていた。しかしそれが深刻なという形容詞くらいではびくともしないほどのすぐれた作品であれば、偏見を持っていただけにいっそうすばらしいものに思われるのだった（でもとにかく『マリエンバート』なんてくだらねえ！　と彼らは言っていたが、それはもっともである）。彼らは反対に、西部劇やスリラーもの、アメリカ喜劇、あるいは調子の高い抒情や華麗な映像やえも言えぬきらびかな美にあふれたあの驚嘆すべき冒険映画、例えば——彼らはいまでもよく覚えているが——『ローラ』、『運命の十字路』、『魅せられた人びと』、『風に書かれた文字』などに大げさとも思える共感を寄せていた。

音楽会にはめったに行かず、芝居はさらに稀であった。しかし約束せずにいても、彼らは「シネマテーク」や、「パシー」、「ナポレオン」、あるいは近所の小さな映画館——例えば、ゴブラン通りの「キュルサール」、モンパルナスの「テキサス」、クリシー広場の「ビキニ」や「メキシコ」、ベルヴィルの「アルカザール」、さらにはバスチーユや十五区あたりの殺風景で設備のわるい、失業者やアルジェリア人や年老いた独身男やよほどの映画狂しか通ってこないような映画館——そこでは彼らが十五歳のころから忘れないでいる知られざる傑作や、いつもそのリストが念頭にありながら、もう何年も前から見ようとして見られなかった評判の名作をひどい吹きかえで上映していた——などでよく出会うのだった。彼らはほとんど偶然に『赤い海賊船』や『世界を彼の腕に』、『夜の海賊たち』、『わが妹アイリーン』、『T博士の五千本の指』などをはじめて、あるいはふたたび見た幸せな夜のすばらしい思い出をいつまでも持ちつづけていた。しかし、残念ながら、ひどい失望を味わうこともたしかに稀ではなかった。毎週水曜日、朝早く買ってきた「映画演芸案内」を夢中になって繰りながら、長い間待っていた映画、方々ですばらしいと折り紙をつけられていた映画がついに上映の予告をされていることがあった。すると初日の晩に、彼らはみんな期せずして映画館で顔を合わせるのだった。スクリーンが明るくなり、彼らは喜びにふるえる。ところが色は流行おくれで、映像はぴょんぴょんと飛び歩き、女たちは恐ろしく古めかしい。映画館を出ると、無性に悲しくなる。自分たちが夢みていたのはこんな映画ではない。一人一人が胸のなかにあたためてきた理想的な映画、汲めどもつきぬ喜びを与える完璧な映画とはまるで違う。彼らが自ら作りたいと思っている映画、あるいは彼らが現実に生きたいとおそらくは秘かに願っている映画はこんなものではなかった。

こうしてジェローム夫妻とその友人たちは、少々窮屈だが居心地のいい小さなアパートに住み、散歩や映画や仲間同士の宴会を楽しみ、すばらしい計画をさまざまに思い描きながら暮らしていた。決して不幸せではなく、束の間のひそかな生きる喜びが彼らの日々に生彩を与えていた。夕食を終えてもテーブルを離れがたい夜には、残っているぶどう酒の瓶をあけたり、くるみを齧ったり、タバコに火をつけたりする。眠れない夜には、枕を背に半ば坐ったまま、灰皿を中にして朝まで語り明かす。またあるときは、何時間もおしゃべりしながら街をほっつき歩き、店のショー・ウィンドーのガラスに自分の姿を映してほほえむ。彼らにはすべてが申し分のないように思われるのだ。彼らは自由に歩きまわる。その足どりは軽やかで、もう時間に痛めつけられている思いはない。空っ風の吹く寒い日のたそがれ時に、暖かく着込んで街をゆっくりと、しっかりした足どりで友だちの家に向かう。そんなときにはもう自分たちのどんな行為も、タバコに火をつける、焼き栗を一袋買う、駅前の雑踏をかき分けて進む、といったどんな些細な行為も、明らかに尽きせぬ幸福の直截な表現と彼らには映るのだった。

あるいはまた、夏の夜には、ほとんど未知の町々を長いこと歩きまわることがあった。まんまるな月が天空高く輝き、ありとあらゆるものにフェルトのような柔らかい光を投げかけている。人気のない長く広い通りに、彼らの歩調を揃えた足音がこだまする。ときたまタクシーがゆっくりと、ほとんど音も立てずに通り過ぎてゆく。こんなとき、彼らはまるで自分たちが世界の支配者となり、驚くべき秘密や不思議な力を握っているかのように、かつてない興奮を覚えるのだ。そして手を取り合って駆け出したり、石蹴りをしたり、あるいは歩道沿いに片足でぴょんぴょん跳び走ったりして、声をそろえて『コシ・ファン・トゥッテ』[1]や『ロ調ミサ曲』[2]のアリアをどなり出すのであった。

（1）　モーツァルトのオペラ（一七九〇年初演）。
（2）　バッハの『ミサ曲ロ短調』（一七三三―三九）のことであろう。

あるいはまた、小さなレストランの扉を押すこともあった。店内に入ると、いつもの喜びと共に、周囲の熱気やフォークのかち合う音、グラスのふれ合う音、人びとの押し殺したような話し声、白いテーブル・クロースの与える期待感が身に浸み込んでくる。彼らはしかつめらしくぶどう酒を選び、ナプキンを拡げる。そしてぬくぬくとした気分で、向かい合ってタバコをふかしながら——そのタバコもオードブルが運ばれてくると、いま火をつけたばかりなのに、すぐ揉み消すのだ——こう考える。われわれの人生は、まさしくこうした恵まれた瞬間の無限の積み重ねであって、われわれはいつまでも幸福であるだろう。しかし、それもわれわれが幸福に値するからであり、いつでもそれを受け入れるすべを心得ているからであり、幸福はわれわれのなかにこそあるからだ、と。彼らは向かい合って坐り、十分お腹をすかしてから食べはじめる。厚地の白いテーブル・クロースやその上に置かれたジターヌ(1)の箱の青、陶器の皿、重みのあるナイフやフォーク、脚つきグラス、焼きたてのパンを盛った柳の籠、といったものすべてが、痺《しび》れんばかりの、いわば九腸の喜びの場をつねに新しく作り出してくれる。その喜びにはすばらしい安定感と充実感があり、それはスピード感とほとんど正反対で、同時にまたほとんどそっくりの感覚であった。運ばれてきた料理を前にすると、彼らは世界と完全に調和し、和合しているような気がし、そこに身をひたし、くつろぎ、世界に対して何の恐れも感じなくなるのだった。

おそらく彼らはこうした幸福の前兆を人一倍よく見抜き、あるいは作り出すことさえできた。彼らの耳も指も口も、まるで絶えず好機を窺ってでもいるかのように、ほんの些細なことによっても誘発されるこうした幸福な瞬間をひたすら待っていた。しかし、彼らがいかなる緊迫した事態によっても乱されることのない平静と永遠の感情に身を委ねる瞬間、すべてが釣合いをとって、気持ちよく緩やかに過ぎてゆく幸福な瞬間にあっては、このような喜びの持つ力そのものが、そのなかにひそんでいるはかなくもろいものすべてを引き立てるのだった。だが、すべてが崩れ去るにも大きな力を必要とはしなかった。ごく小さな不協和音やほんの一瞬の躊躇、少し粗野なしぐさ一つででも彼らの幸福は崩壊した。そしてそれはふたたびもとの一種の契約、彼らが買ったもの、何かもろくあわれなもの、彼らをその生活や歴史のなかにある最も危険で、最も不確かなものへ乱暴に送り返すほんの

(1) フランスの大衆タバコ。

一瞬の休息にすぎなくなるのだった。

アンケートの仕事で困るのは、永続性がないことである。ジェロームとシルヴィの場合も、いずれは失業ないしは半失業の憂き目に遭うか、あるいはもっと堅実にどこかの代理店に正規の社員として入社して幹部になるか、のどちらかを選ばねばならない日が来ることははじめからわかっていた。職を変え、他に仕事を見つけることも考えられないわけではなかったが、しかしそれは問題をはぐらかすことでしかなかった。というのは、人間三十に達しないうちは、ある種の独立を保ち、思うままに仕事をすることが容易に認められ、ときには彼らをいつでも何にでも利用できることや、彼らの理解力、さまざまな経験、あるいは多方面の才能が尊重されさえするのだが、反対にひとたび三十の坂を越したら（このように、まさしく三十歳が一つの坂になっているのだ）、少し矛盾してはいるが、未来の協力者はすべて確固とした安定性を示し、几帳面さや真面目さ、忠実さ、規律正しさが保証されていることが要求されるからだ。特に広告業界においては、使用者側は三十五すぎの人間を採用しようとしないだけではなく、三十になってもまだ正規の社員であったためしのない者はなかなか信用してくれないのだ。彼らがまだ三十になっていないかのようにフリーで働きつづけたいと思っても、それさえ不可能である。不安定な生活は人に真面目な印象を与えないからだ。人間三十歳にもなれば、成功していなければならず、さもなければその人間は取るにたらぬ。三十までに出世して重要な地位につくことができず、自分の鍵、自分の事務室、自分の名札を持ちえなければ、成功したことにはならないのだ。

ジェロームとシルヴィはよくこの問題を考えた。三十歳までには何年か間があるが、自分たちの送っている生活も、享受しているまったく相対的な平和も決して確固としたものではないだろう。すべてが次第に崩れ去って、後には何も残らないだろう。自分たちが仕事に圧しつぶされている思いはなかった。生活は概して、どうにかこうにか、とにもかくにも保証されていて、仕事だけに独占されているわけではないのだ。しかし、それがそういつまでも続くはずがないこともわかっていた。

単なるアンケート係にいつまでもとどまっている者はいない。調査員は養成期間を終えると、たちまちのうちに高い地位につく。例えば広告代理店の副店長か店長になったり、あるいはどこかの大企業に社員の募集や適性配置、人間関係、販売政策などを担当する課の課長といった、人も羨むポストを見つけたりするが、こういうのは立派な地位で、事務室には絨毯が敷きつめられ、電話が二本にディクタフォン一台、それに個人用の冷蔵庫があり、ときにはベルナール・ビュッフェの絵が壁にかかっていることさえある。

働かざる者は食うべからず、確かにそうだ。しかし、悲しいかな、働く者はもはや生きてあらずだと、ジェロームとシルヴィはよく考え、ときにはそれを互いに言葉にした。二人は以前に数週間、そういう経験をしたように思う。シルヴィはある調査部の記録整理係になり、ジェロームはインタヴューのコード化とコード解読の仕事に携わっていたことがある。仕事の条件は快適以上のものであった。適当な時間に出勤し、事務所で新聞を読み、ビールやコーヒーを飲みにたびたび下におりていくこともできた。仕事そのものもだらだらとやってはいるが、彼らの気に入っているのは確かだった。それはひとつには、いまに正規に雇われ、正式の契約を結び、とんとん拍子に昇進するという非常に漠然とした望みに勇気づけられていたせいでもあった。しかし、それも長続きはしなかった。彼らの朝の目ざめはひどく憂鬱だった。毎日夕方になると、恨みを胸いっぱいにたたみ込んで満員の地下鉄で家に帰り、へとへとに疲れた汚れた体をソファーに投げ出す。するともう思いは長い週末や、仕事のないのんびりした日々や、朝寝坊のことにしか走らなかった。閉じ込められた、あるいは罠にかかった感じで、まるで鼠とりのなかの鼠だと彼らは思い、どうしても我慢ができなかった。これからまださまざまなことが起こるに違いないと思っていた彼らにとっては、仕事が規則正しいことも、日が日に次ぎ、週が週に次ぐこともまるで地獄の、と呼んではばからない桎梏《しっこく》であった。しかし、いずれにせよ、それは成功への道の第一歩である。彼らの前には輝かしい未来が開けていた。社長が若い社員の能力を認めて彼を雇ったことをひそかに喜び、急いで訓練して自分の思いどおりに育て上げ、夕食に招き、親しげに話し、ちょっとした動作一つで幸福の扉を開いてやるといったあの輝かしい時期に彼らは来ていたのだ。

彼らはまぬけだった——何度、お前はまぬけだ、間違っている、他の、仕事に没頭している連中や這い上がろうとしている連中と同じように、とにかく間違っているのだ、と自分に言ってきかせたことか——。しかし彼らは、なすこともない長い一日や、遅い目ざめ、探偵小説やＳＦ小説を枕許に積んでベッドで過ごす朝の時間、セーヌ河岸の夜の散歩、ときどき感じるほとんど熱狂的な自由の感情、地方でのアンケート調査から帰ってくるたびにとらえられるヴァカンスの感じ、などがたまらなく好きだった。

もちろん、こんなことがすべて嘘であり、こんな自由は囮りにすぎないこともよくわかっていた。勤めている代理店がつぶれたり、大きな店に吸収されたりすると――そんなことがよくあった――気違いのようになって他の仕事を探しまわり、あるいは週末になると残りのタバコを数えたり、ときには夕食に招いてもらう算段で時間をつぶす、といったことの方が、実際にはむしろ彼らの生活に目立っていた。

彼らは世にも陳腐で、愚劣な境遇のただなかにいたが、そうと知ったところでそこから抜け出せるわけでもなかった。仕事と自由の対立はずいぶん前から、厳密にはもう意味をなさなくなっていると言われて、そういうものかなと思っていたが、しかしその対立こそが、何よりもまず彼らを規定しているのだった。

当面まず金を稼ぐことだけを心がけ、真の計画の実現は将来お金ができてからにしよう、と考えている人びとがあながち間違っているとはいえない。ただ生きることのみを求め、生きるとは最大の自由を享受することであり、幸福のみを追求し、もっぱら欲望と本能を満たし、世界の無限の富をすぐにも利用すること――ジェロームとシルヴィはこんな大きな計画を立てていた――であると考える人びとは、いつまでたっても幸せになれないだろう。たしかに世の中にはこうしたジレンマのない、あるいはほとんどない人間がいることを彼らも認めていた。それはあまりに貧しくて、まだもう少しいいものが食べたい、もう少しいい家に住みたい、もう少し仕事を楽にしたいと思うのが精いっぱいの人びとであり、あるいはあまりに最初からお金がありすぎて、こういう問題の重要性、あるいは意味さえ理解できない人びとである。しかし今日、この状況下にあっては、次第に金持ちでも貧乏でもない人が増えていっている。彼らは金持ちになりたがるし、またなることもできるだろう。ここに彼らの不幸がはじまるのである。

何らかの学問をした後、兵役も立派に果たしてきた青年がいるとしよう。彼は二十五歳ぐらいになると、まさにその修得した知識によって実際にはすでに思ってもみなかったお金を蓄えているのに、自分が生まれたときと同様素っ裸であるのを発見する。つまり彼は、自分のマンション、別荘、車、ハイファイステレオを持てる日がいまに来ると確信しているのだ。しかし、こういった人の心をかき立てる希望はいつもすぐには実現されない。というのも、それらの希望は、よく考えてみれば、結婚や子供の誕生や、道徳的価値、社会的態度、人間的行為の変遷などと同じように、もともと人生の過程の一部をなしているからだ。つまり、その青年もいずれは身を立てねばならないが、そのためには優に十五年はかかるであろうということだ。

こんな見とおしでは勇気も挫けてしまう。誰だって悪態一つつかずにそんななかに入って行けはしない。なんだって？　と大学出たての青年は心に言う、これからは花咲きにおう野原を散歩する代わりに、ガラス張りの事務所にひがな一日坐っていなきゃならないんだと？　昇進発令の前の日は、希望でわくわくしている自分にはっとするんだと？　計算し、奸策を弄し、歯を食いしばっていらいらを我慢するんだと？　詩や夜汽車や熱い砂浜を夢みているこのぼくが？　そしてわれとわが心を慰めているつもりが、いつか月賦販売の罠に落ちてしまう。彼はつかまったのだ、まんまとつかまったのだ。この上はもうひたすら辛抱するほかはない。悲しいかな、ようやくこんな苦労も終わろうとするころには、青年はもう若くはない。かてて加えて不幸なことには、彼にはもはや自分の人生は過ぎ去り、それは結局、自分の目的ではなくて努力にすぎなかったようにさえ思われるかもしれないのだ。賢明で慎重な彼が——というのも、ゆっくりした昇進が彼にいい経験を与えてくれたからだ——そんなことを考えることはないにしても、彼がやがて四十歳になり、それまでの彼のわずかな余暇が自分の家や別荘の手入れとか、子供たちの教育のことだけでつぶれてしまっているであろうことはやはり確かなのだ。

せっかちは二十世紀の美徳だ、とジェロームとシルヴィは考えた。二十歳にして人生のありうる姿、人生が包蔵しているあらゆる幸福、可能にしている無限の征服などを見たとき、少なくとも見たと思ったとき、彼らはたちどころに、自分たちにはとても待つことなどできないだろうと覚った。みんなと同じように、彼らも成功することはできる。だが、いますでに成功していなければいやなのだ。この点では、たぶん彼らはインテリと呼ぶにふさわしい人間であった。

なぜなら、お前たちは間違っている、とすべてが告げていたからだ。第一人生そのものがそうであった。二人は人生を享受したいのだが、周囲ではいたるところ、享受と所有が混同されていた。彼らはいつでも人生を享受できる、ほとんど無垢の状態でいたいと思っているが、それでも年月は流れてゆき、何ものももたらしてはくれなかった。他の人びとはおそらく鎖につながれながらにもせよ、とにかく昇進してゆくのに、二人は全然昇進しなかった。他の人びとはついにはお金のなかにもう目的しか見ないようになるのに、二人はそのお金そのものがないのであった。

世の中で自分たちが一番不幸なわけではない、と二人は思っていた。確かにそうだろう。しかし現代生活は他の人びとの不幸の影は薄くして、彼らの不幸だけを目立たせていた。他の人びとは正道を進み、彼らだけが甲斐性なしの、気ままで風変わりな取るに足りない人間であった。しかし一方では、ある意味で時が彼らに未来を約束し、そして彼ら自身心躍るような可能な世界の姿を思い描いていたことも確かである。だが、これは一種の慰めだ、くだらない、と考えることで二人は一致していた。

二人はこうして仮りそめの生活に身を落ちつけた。学生が大学に講義を聴きにゆくように、自分で時間割をきめて仕事をし、そして学生たちの特技である街のぶらぶら歩きを楽しんだ。

しかし、危険がいたるところで彼らを狙っていた。彼らは自分たちの愛が幸福の物語になることを願っていたが、あまりに多くの場合、それは危険にさらされた幸福の物語でしかなかった。二人はまだ若かったが、しかし時は矢のように流れていった。老書生——これは何だかみじめだ。落伍者、能なし、これはさらにみじめだ。二人は恐ろしくなった。

自由な時間はあった。しかし、その時間は彼らに味方してはくれなかった。何もしなくてもガス代、電気代、電話料は払わなければならない。毎日食べもしなければならない。着物も着なければならないし、壁も塗りかえ、シーツもかえ、下着類を洗濯に出し、ワイシャツにアイロンをかけさせ、靴を買い、電車に乗り、家具も買わなければならなかった。

経済問題がときに、彼らの身も心も食いつくすことがあった。彼らがそれを考えないときはなかった。感情生活さえもが、広くかつ密接にこの問題につながっていた。少し経済的に余裕ができ、少し地位が上がれば、二人の幸福は決して毀れることはないように思われ、どんな困難にあっても彼らの愛情に行きづまりは来ないような気がした。そんなときには、彼らの好みや、夢想や、思いつきや、食欲までが、みな同じ一つの自由のなかで融け合うようであった。しかし、それは特別な瞬間だった。それよりも戦わねばならないときの方がよほど多かった。赤字の徴候が現われはじめると、二人が対立することも稀ではなかった。百フランを無駄遣いしたとか、靴下を一足買ったとか、まだ皿洗いがすんでないとか、ほんのつまらないことで喧嘩になるのだった。そうなると、何時間も何日も口をきかず、食事時も向き合って坐りはしても、相手を見もせずに、めいめい自分勝手に大急ぎで食べ、それからソファーの両端に互いに半ば背を向け合うようにして坐り、二人のうちのどちらかがきりもなくトランプ占いをするのだった。

二人の間にお金が立ちはだかっていた。それは彼らが絶えずぶつかる壁、一種の障壁のようなものだった。不如意、不自由、窮屈といったものは貧困より始末がわるい。二人は自分たちの出口のない世界に閉じこもり、未来もなく、起こりえない奇蹟と砂上の楼閣にも似た愚かしい夢以外には何のはけ口もなく生きていた。息がつまりそうだった。身が破滅するような気がした。

たしかに、お金以外の、例えば最近出た本とか、ある演出家とか、戦争とか、その他さまざまのことを話すこともできた。しかし、自分たちの唯一の真の話題はお金や、安楽な生活や、幸福のことしかないように思われるのだった。この話になると俄然調子が上がり、緊張が高まる。そして話をし、話をしながら自分たちの心のなかにある不可能なもの、近づくこともできないもの、みじめなもののすべてを感じとるのだった。彼らはいらいらした。彼らはあまりにも金銭の虜になり、それを暗黙のうちに互いに相手のせいにしているのを感じていた。二人は夏休みや、旅行や、引っ越しの計画を立てては、すぐ怒ったようにそれを打ち毀すのだった。自分たちの現実生活のすべてが、突然、何か実体のない、架空なものになったように思われたのだ。そこで二人は黙りこんでしまう。その沈黙は恨みに満ちていた。彼らは人生を恨み、ときには互いに相手を憎むほど弱くなることさえあった。台なしにした学業を思い、魅力のない夏休みや、平々凡々たる生活、窮屈なアパート、実現不可能な夢を思う。互いに見かわしては相手を醜いと思い、着ているものが見すぼらしい、ゆったりしていない、顔をしかめている、と思うのだ。彼らのすぐ傍らの通りを自動車がゆっくりと走っている。広場には代わる代わるネオンサインが輝き、カフェのテラスに坐っている人びとは満腹した魚のような顔をしている。彼らは世界を憎んだ。彼らは疲れ切った足を引きずって家に帰り、一言も言葉を交わさずに床につくのだった。

ある日何かがはじければ、もうそれだけで十分だった。広告代理店が扉を閉ざすなり、二人は年をとりすぎているとか、仕事ぶりが不規則すぎるとか言われるなり、あるいはどちらかが病気で倒れるなりすれば、すべてが崩れ去ってしまうには十分だった。彼らの前には何もなく、後にも何もない。彼らはよくこの不安な問題について考えた。避けようとしても、いつもついこの問題に戻ってくるのだった。何カ月も仕事がなく、命をつなぐためにばかばかしい仕事を引き受けたり、借金したり、物乞いをするときさえあった。そういうときは、激しい絶望にとらえられ、事務所やきまったポスト、規則正しい日々、はっきりした身分を夢みるのだ。しかし、こうした倒立像はおそらく彼らをいっそう深い絶望に陥れるのだった。事務所に坐り切りの人間の顔は、たとえはればれしくとも、とても自分のものとは思えそうもないのだ。彼らは階級制度を憎み、問題の解決は、奇蹟的にせよ何にせよ、自分以外のところから、世界から、歴史からやってくるはずだと決めてかかっていた。こうして彼らは動揺つねない生活を続けていった。それは彼らの生来の傾向にふさわしいものだった。欠点ずくめのこの世界では、彼らの生活が一番欠点が多いとはいえないことは、彼らも十分認めていた。彼らはその日暮らしをしていた。三日かかって稼いだものを六時間で費やしてしまうこともあり、よく借金をし、まずい揚げポテトばかり食べ、最後の一本のタバコを二人でいっしょにすい、ときどき二時間かけて一枚の地下鉄の切符を探し、つぎのあたったワイシャツを着、使い古したレコードをきき、ヒッチハイクで旅をし、いまだによく五週間も六週間もシーツをかえないことがあった。要するにこんな生活にもそれなりの魅力はある、と思わんばかりであった。

彼らが自分たちの生活や習慣や未来についていっしょに考え、あるいはもっと住み心地のいい世界を求めて果てしない夢に我を忘れるとき、自分たちには要するに確たる思想がないのだと思い、いささか月並なメランコリーに襲われることがあった。彼らが世界に向ける視線はぼやけていた。自分では聡明なつもりでも、絶えず考えは動揺し、物の見方は変化し、結局曖昧な妥協に終わることがしばしばで、そのため、どんなにはっきりした善意も弱められ、矮小化されて、値打ちをおとしてしまうのだった。

こうした生き方、というより生き方の欠如こそは、彼らのみならず、彼らと同世代の者みんなの特徴で、前の世代は自分自身についても、自分が住んでいる世界についても、もっと明確な意識が持てたに違いないと彼らは考えていた。スペイン戦争か、レジスタンスの時代に二十歳になっていたかった、などとまったく勝手放題なことを言っていたが、彼らには当時課されていた問題、というより課されていたに違いないと思われる問題は、たとえそれに対する解答がより強く求められたにしても、とにかくいまよりずっとはっきりしていたように思われるのだった。それに比べて、彼らの前にあるのはもう解決不能の問題ばかりであった。

だが、これはいささか偽善的なノスタルジーである。アルジェリア戦争は彼らの時代にはじまり、いまも彼らの目の前で続けられていた。だのに、戦争は彼らにはほとんど何の影響も与えなかった。ときどき行動することはあるが、しかしめったにその必要を感じなかった。長い間、この戦争でいつか自分たちの生活や未来や考えがひっくり返るかもしれないなどとは思ってもいなかったのだ。とはいえ、以前彼らの生活が戦争にゆすぶられたことがあったのも事実である。予備役が招集され、ド・ゴール主義が出現してアルジェリア戦争の初期には、特に抗議集会や街頭デモが多かったが、学生だった彼らもいま以上に積極的に、そしてしばしば熱狂的にそれに参加した。こういった行動には限界はあったが、行動とその目的はほとんど直結していたのだ。彼らを、君たちは間違っていると本気で非難することはできなかっただろう。戦争は続き、ド・ゴール派は地歩を固め、ジェロームとシルヴィは大学をやめた。一般に広告業界は、ほとんど伝説的に左翼ということになっているが、実際はテクノクラート主義と定義した方が適当だ。つまり能率と現代性と複雑さの崇拝、未来予測の趣味、社会学重視の、どちらかといえば煽動的な傾向、あるいは世の中の人間の九〇パーセントは馬鹿で、何であろうと誰であろうと見さかいもなく人と調子を合わせて誉めそやすしか能がないという、いまなお世間に流布している意見が支配的なところであり、ここでは目先の政治は軽蔑し、歴史を世紀単位でしかとらえないのがいい趣味とされていた。それにド・ゴール主義は、最初方々で予言されていたよりもとにかくはるかにダイナミックで、時宜に適した解答であったし、その危険は予想していたところといつも別のところにあったのだ。

しかし、戦争は、それが彼らには単なる歴史の一挿話、ほとんど取るに足らぬ一事件のようにしか見えなかったにせよ、とにかく続いていた。たしかに、二人は心にやましさを感じてはいた。しかし、結局のところ、彼らが責任を感じるのは、もはやかつて集会やデモに参加したのを思い出すときだけであり、あるいはごく一般的な意味での道徳的命令にほとんど習慣的に従っていたからにすぎない。こうした無関心を前にすれば、彼らとて自分たちのかつての多くの情熱が、いかに空虚で気のないものであったかを思い知ったに違いない。しかしそんなことは問題ではなかった。昔の友人たちの幾人かが、おずおずと、あるいは必死の思いでＦＬＮ（アルジェリア民族解放戦線）を助けに飛び出していくのを見たのだ。彼らは驚いた。何故なのかわからなかった。ロマンチックな説明も面白いが、それを真にうけることはできず、政治的な説明となると、もう完全に理解の範囲を越えていた。彼ら自身はといえば、彼らはこの問題をもっとずっと簡単に解決してしまった。つまり、ジェロームと三人の仲間は有力な縁故と親切な医者の診断書を用いて、うまく兵役免除の恩典をかちとることができたのだった。

とはいえ、アルジェリア戦争は、そしてこの戦争だけが、二年近くの間、彼らを自分自身から守ってくれたのだった。さもなければ、結局のところ、もっといやしく、あるいはもっと早く老けてしまったであろう。しかし、彼らが好んでこの上もなく暗い色で描いていた未来をなおしばらく免れることができたのは、彼らの決心や意志のせいでもなければ、彼らが何と言おうと、彼らのユーモアのセンスのおかげでもなかった。アルジェの暴動からシャロンヌでのデモ隊の死者までの、つまり一九六一年から六二年にかけての戦争の末期を特徴づけるさまざまな事件は、彼らが平素気にしていた諸問題を忘れさせ、あるいはむしろ一時的に、しかしひどく効果的に括弧にくくらせた。仮りそめの生活を脱することができずに、結局は泥沼にはまり込んで、身動きもできなくなるだろうというどんなに悲観的な予想や恐怖よりも、現に目の前で起こっていること、毎日彼らを脅かしているものの方がはるかに恐ろしいものに思われる日があった。

それはいたましい、激動の時代であった。主婦たちは何キロもの砂糖や、油や、まぐろの鑵詰、コーヒー、コンデンス・ミルクなどを買い溜めた。巡察隊がヘルメットをかぶり、黒の防水服と編上靴に身をかため、騎銃を手にしてセバストポール大通りをのし歩いていた。

彼らの車の後部にはよく古い新聞雑誌――『ル・モンド』『リベラシオン』『フランス・オプセルヴァトゥール』など――が散らばっていた。疑り深い人間なら、それを見て、こいつは人心の攪乱者ではないか、秩序の破壊者ではないか、あるいは単に、自由主義者ではないかなどと考えるのも無理はなかった。だからジェロームやシルヴィやその仲間たちさえ、内心びくつくことがしばしばで、ときには誰かが自分たちの後をつけ、車の番号を控え、こっそり様子を窺い、罠を張っているような気がしたり、悪名高いスラム街で、酔っぱらった兵士が五人、彼らに襲いかかり、死んだものと思って彼らを暗い町角の濡れた敷石の上に打ち捨てていくといった妄想にかられることもあった。

こうした責め苦は彼らの日常生活にまで入り込んできて、ときにはそれが妄執となった。ある種の集団活動にはつきもののように思われたこの苦しみは、毎日の生活や、出来事や、思考を特殊な色に染め上げていた。血、爆発、暴力、テロといったイメージが絶えず彼らにつきまとった。どんなことがあっても覚悟はできているような気がする日があるかと思うと、その翌日は、人生がはかなく、未来が暗く思われるのだった。亡命を夢み、平和な田園を思い、のんびりした船旅にあこがれた。警官が人間を尊重するという英国に住みたいとも思った。そうするうち、戦争は次第に終結に向かう気配を見せた。すると彼らは冬の間中、春の訪れや、ヴァカンスや、来年のことを思い、新聞が言っているように、

（1） 一九六二年二月八日、反戦デモに参加した労働者が機動隊に地下鉄シャロンヌ駅に追いつめられて圧死した事件。

兄弟殺しの狂気がさめ、ふたたび夜の街を安らかな心と健やかな体でぶらつくことのできる日を待ち望むのだった。

さまざまな事件の重圧の下で、彼らも断固とした態度をとるようになっていった。たしかに、彼らの政治参加は表面的なものにすぎず、決して自分たちがおのれをかけて指示に関わっているようには思われなかった。自分たちの政治意識は、それが多少ともはっきりしたイデオロギーを持った見解のマグマとしてではなく、体系的、内省的な形として存在するかぎり、現実的、というよりむしろユートピア的な選択のレベル、あるいは一致した行動に移されるチャンスのほとんどない——彼らはそれを認め、残念に思っていた——一般的な論争のレベルでは、一アルジェリア問題にかぎらず、あらゆる問題に及んでいるのだ、と彼らは考えていた。それでもやはり、彼らは最近同じ町にできた反ファシスト委員会に入り、ときには朝五時に起きて、三、四人の仲間といっしょに、人びとに警戒を呼びかけ、犯罪人と共犯者を告発し、卑怯なテロを非難し、罪のない犠牲者を称えるポスターを貼りにいった。自分たちの住む通りの家という家に請願の署名簿を回し、脅迫されている家々の警戒にあたったことも一再にとどまらなかった。

デモにも何度か参加した。その日はバスは両脇の広告板をはずして走り、カフェは早く戸を閉め、人びとは帰りを急いだ。一日中、彼らはこわい思いをした。家を出ても落ち着かなかった。五時だった。小雨が降っていた。他のデモ参加者をひきつった笑顔で眺め、友だちを探し、何か別のことを話そうとした。それから隊列が組まれ、動き出し、そして止まった。デモの群衆の間から、彼らのすぐ前に、陰気な濡れたアスファルトの広い一角が見え、ついで大通りの幅いっぱいに、機動隊の部厚い黒い線が見えた。遠くを窓に金網を張った青黒い警備車の列が通っている。彼らはそこで前進をやめ、汗ばみ、手を取り合い、ほとんど喊声《かんせい》を上げる勇気もなく、最初の合図で蜘蛛の子を散らすように逃げ去った。

こんなデモには大した意味はなかった。彼らはそれをとうに自覚していた。騒々しい群衆にもまれながら、雨の降る寒空の下、バスチーユやナシオン、市役所といったこんな陰気な町で、自分たちはいま何をしているのだろうと、何度も自問した。自分たちのしていることは重要なことだ、必要なこと、かけがえのないことだ。こわごわやっている努力も自分たちにとっては意味のあること、自分たちが必要としていること、自分を知り、成長し、生きるためにも役立つことだということを、何かが証明してくれたらと思った。いや、そうじゃない。彼らのほんとうの生活は別のところにある。近い、あるいは遠い未来、やはり脅威に満ちてはいるが、もっと狡猾で陰険な脅威、つまり目に見えない小さな罠、魔法のおとし穴が無数にはりめぐらされた未来にあるのだ。

イシー＝レ＝ムリノーのテロとそれに続く短いデモで、彼らの戦闘的活動は終わりを告げた。彼らの町の反ファシスト委員会はもう一度集会を持ち、さらに活動を強化することを誓った。しかし、ヴァカンスの前になると、単に敵を警戒するだけではもはや意味がないようにさえ思われた。

戦争の終結とともに何が変わったか、それを的確に言うことは彼らにはできなかったであろう。ただ、長い間、何かが終わった、完結した、結論が出たという印象だけがあった。しかし、それはいわゆるハッピーエンドでもなければ、急転直下の決着でもなく、反対に、いつまでも空しさと苦い思いを残し、思い出を闇に葬る、憔悴《しょうすい》した、鬱陶しい幕切れであった。時が苦しげな歩みを続けたあげく、突然逃げ去ってしまった。一つの時代が終わり、平和が、彼らのかつて味わったことのない平和が戻ってくる。戦争が終わるのだ。七年の歳月が一挙に過去になだれ込む。学生時代、二人の出会いの時代、そしてこの上なく幸せだった日々が。

おそらく何も変わらなかった。二人は以前のように、アパートの窓辺に身を寄せて中庭の小さな植え込みやマロニエの木を眺め、小鳥の囀《さえず》りを聞く。ぐらつく重ね棚の上には、本やレコードがさらに高く積み重ねられ、電蓄の針が磨《す》り減りはじめる。

仕事の方も相変わらずで、三年前と同じアンケート調査を続けていた。髭剃りには何をお使いになりますか？　靴クリームはお使いになりますか？　等々。映画も同じものを一度ならず二度も三度も見にゆき、ときどき旅に出かけ、新しくレストランを見つけ、ワイシャツや靴、セーターやスカート、お皿やシーツや趣味の小物を買った。

新しくなったものといっても、それは気づかれぬくらいわずかで、しかも漠然としており、たいていは彼らの唯一の物語と夢に密接なつながりを持っていた。彼らは疲れていた。たしかに、年をとったせいかもしれない。ときには、まだ人生のスタートラインに立っているような気がすることもあったが、それでもやはり、ますます自分たちの人生は脆く、はかないものに思われ、まるで待つことや貧乏や不如意に心身を磨り減らされでもしたかのように、あるいは、欲望が満たされず、喜びが中途半端で、時が無為に流れてゆくのも至極当然なことに思われるほど、自分たちがひどく無気力になっているのを感じていた。

ときどき、すべてがこのままの状態を続けて、何も変わらなければいいと思うことがあった。あるがままに生きてゆけばいいのだ。彼らの生活は彼らをあやし、そして彼らに何強いるでもなく、自らも変化らしい変化を見せずに、歳月の流れるままに展開していくだろう。そのとき、彼らの生活は、まさしく昼と夜の調和ある組曲、気づかれないほどのかすかな転調、間断ない同じ主題の反復、どんな異変も、どんな悲劇的な出来事、どんな突発的事件も疑いをさしはさむ余地のない永遠の幸福、尽きぬ喜びになるだろう。

しかし、またあるときは、精根つきてどうにもできないことがあった。闘って、打ち勝ちたいと思う。闘って、幸福をかちとりたいと思う。しかし、一体どうやって闘えばいいのか？　誰と、そして何と闘うのか？　彼らは奇妙な玉虫色の世界に住んでいた。それは金銭崇拝の文化に輝く世界であり、豊かさの牢獄、魅惑的な幸福の罠であった。

危険は一体どこにあるのか？　脅威はどこにあるのか？　何百万、何千万の人間がかつてパンのために闘い、そして現在もなお闘っている。ジェロームとシルヴィは、人がチェスターフィールド型のソファーのために闘うことができるなどとはほとんど思っていなかった。しかし、これこそは二人を最も容易に動員することのできる合言葉ではなかったか。政党の綱領や政策プランなど何ひとつ彼らには関係がないように思われた。停年退職が早くなろうと、ヴァカンスが長くなろうと、昼食がただになろうと、一週三十時間労働になろうと、そんなことはどうでもよかった。彼らの欲しいのは度外れの贅沢で、クレマンのプレーヤー、彼ら専用の無人の海岸、世界一周旅行、豪華なホテルなどが彼らの夢だった。

敵は目に見えなかった。というよりむしろ彼らの内部にひそみ、彼らを蝕《むしば》み、腐敗させ、荒廃させていた。彼らは人の笑い物であり、かよわい、すなおな人間、彼らを軽蔑する世界の忠実な反映であった。彼らはほんのひとかけらしか食べられないお菓子のなかに、タンタロスのように首まではまり込んでいた。

長い間、彼らの経験した危機が心を翳《かげ》らせたことはほとんどなかった。それが致命的なものだとは思われなかったからで、従ってまた、何かを考え直す必要もなかった。自分たちは友情に守られているのだとよく彼らは考えた。仲間の結びつきは確かな保証であり、安定した目標、頼りになる力なのだ。こう考えても決して間違ってはいないと彼らは思っていた。それは自分たちが互いに固く結ばれているのを知っているからで、彼らにとって仲間の家に集まることほど楽しいことはなく、特に財政難の月末などには、じゃがいもとベーコンのシチューしかないテーブルを囲み、最高の友情を発揮して最後のタバコを分け合うのだった。

しかし、その友情もまたほぐれてきた。狭い部屋に集まった夫婦者同士が、試合場の騎士さながらに、目にも声にも敵意をこめてわたり合う夜もあり、あるいは彼らのかくもうるわしい友情も、ほとんど仲間うちにしか通用しない言葉も、親しみをこめたギャグも、みんなで作り上げたこの共通の世界も、共通の言語も、しぐさも、何もかもが無駄に終わったことにやっと思いいたる夜もあった。それは老いさらばえた世界、出口のない、息切れのする世界であった。彼らの生活は征服ではなくて、風化の、あるいは彷徨のそれであった。彼らは自分たちがいかに習慣や惰性に縛られているかを知った。まるで彼らには空虚しかないかのように、いっしょになって退屈していた。長い間、駄洒落や、酒盛りや、森の散歩、豪勢な食事、一本の映画をめぐっての長い議論、いろいろな計画、おしゃべりといったものが、冒険や事件や真実の代わりをしていた。しかし、それは密度も出口も未来もない空ろな言葉、空虚なしぐさ、何回となく繰り返された単語、何回となく交わされた握手にすぎなかった。だが、この儀式ももう彼らを守ってはくれないのだ。
そこで彼らは映画を見にゆくことにし、それを決めるのに一時間もかけて議論をした。無駄話をしたり、謎かけや人あての遊びに興じたり、夫婦ごと別々に席をあらためると、途端に他の夫婦の悪口になり、ときどき自分たち自身のことも交えてひそひそ囁き合ったり、過ぎ去った青春をなつかしんでは、あのころは情熱的で積極的だったとか、真面目な計画や、豪華な夢や、欲望がいっぱいだったなどと昔の思い出話にふけったりするのだった。彼らは新たな友情を熱望していたが、しかしそれは夢だけで終わってしまった。

ゆっくりと、しかし容赦なく、確実にこのグループは崩壊していった。ほんの二、三週のうちに、唐突に、もういままでのような生活は金輪際できないのだ、と見限る者も現われた。疲労はあまりにも激しく、まわりの世界の要求はきびしすぎた。水道のない部屋に住み、昼食はバゲット四分の一ですませ、それで自分では気ままな生活をしているつもりの人間、病気にもならないで、爪に火をとぼすような暮らしをしていた人間が、ある日突然身を固めようとする。すると安定した仕事や、堅実なポスト、奨励手当、一カ月分のボーナスといった誘惑が、ほとんど自然に、ほとんど客観的に勢いをふるうようになる。

一人また一人と、ほとんどすべての仲間が誘惑に負けていった。舫索《もやいづな》のない生活の時代の後には、安全な時代がやってきた。一生あんな風には生きられないよ、と彼らが言う。「あんな風に」と言うときのあいまいな身振りが意味するものは、放埒な生活であり、短すぎる夜であり、じゃがいも、擦り切れた上衣、いやな仕事、地下鉄であった。

ほんとに気がつかないうちに、ジェロームとシルヴィは自分たちがほぼ二人だけになっているのを発見した。互いに助け合い、同じような生活をしていなければ友情は不可能のように思われた。一組の夫婦が俄かにいい仕事にありつき、あるいはその当てができたとき、それを見て別の一組が、反対に、自分たちの自由を大切に守ろうとすれば、それはもう相容れない二つの世界で、両者の間には一時的な対立ではなくて、深い裂け目、断層、ひとりでには塞がらない傷口があるばかり。出会ってもいまや、数カ月前にはありえなかった不信の念が湧き、口先だけで話をするようになった。彼らは四六時中挑戦し合っているかのようだった。

ジェロームとシルヴィは仲間に対して厳しく、不当でさえあった。裏切りだ、妥協だと言い、金のためにはすべてを犠牲にしてきた人びとが、金のために恐ろしいほど荒廃する――と彼らは言うのだ――のを見ては喜び、自分たちはまだそんなに落ちぶれてはいないと考えるのだった。もとの仲間が苦労らしい苦労もしないで、あまりにもうまく厳しい階級制度のなかに席を占め、自分たちが入ろうとしている世界に尻込みもしないで加わるのを見、そして彼らが腰を低くし、人に取り入り、おのれの権力や影響や責任をいかにも重大に考えているのを見るにつけ、二人は自分たちとは正反対の世界を発見する思いであった。それは金銭や仕事、宣伝、能力をひとしく正当化する世界であり、経験を重んずる世界、彼ら二人を否定する世界、真面目な幹部たちの世界、権力の世界であった。昔の仲間はかわいそうにその虜になってしまったのだと彼らは思った。

彼らとて金銭を軽蔑しているわけではなかった。それどころか、おそらく好きの度合が過ぎているくらいだった。彼らは堅実で安定した地位、明るい未来への道を欲していた。永続性のあるものはどんなものにも関心を持っていた。要するに彼らは、金持ちになりたかったのだ。いまだに金持ちになるのに逆らっているのは、ちっぽけな給料など欲しくなかったからである。想像力と教養が、彼らに百万単位で考えることしか許さなかったのだ。

二人はよく夜の散歩を楽しんだ。風を胸いっぱいに吸い込み、ショー・ウィンドーをなめるようにして歩く。すぐ近くの十三区には決して足を向けない。ただし、彼らが常連の映画館が四軒もあるゴブラン通りは例外だ。陰気なキュヴィエ通りは避ける。この通りはさらにいっそう陰気なオーステルリッツ駅の付近にしか出ないからだ。彼らはほとんどいつもモンジュ通りからレ・ゼコール通りを通って、サン＝ミシェル、サン＝ジェルマンに至り、そこから日により、季節によって、パレ＝ロワイヤル、オペラ座の方か、モンパルナス駅、ヴァヴァン、アサス通り、サン＝シュルピス、リュクサンブール公園の方かに向かう。二人はゆっくり歩く。古美術店の前では一軒一軒足をとめ、薄暗いショー・ウィンドーに目をこすりつけ、革張りのソファーの赤味がかった光沢や、大小の陶器の皿の木の葉模様、カット・グラスや銅の燭台の輝き、籐椅子のすんなりした曲線などが金網ごしに浮かび上がってくるのを見つめるのだった。

一軒一軒、古美術店、本屋、レコード屋、旅行社、レストランの表の献立表、ワイシャツ屋、洋服屋、チーズ屋、靴屋、お菓子屋、高級食料品店、文具屋の前で、足をとめる。彼らのたどる道筋が彼らの真の世界を形づくっていた。そこにこそ彼らの野心、彼らの希望がある。そこにこそ真の人生があり、彼らの知りたいと思っている生活、送りたいと思っている生活があるのだ。これらの鮭のため、これらの絨毯のため、これらのクリスタルのために、二十五年前、一人の女事務員が、一人の美容師がそれぞれ彼らを世に送り込んだのである。

翌日、ふたたび生活が二人を押しつぶしはじめたとき、ふたたび巨大な広告の機械が動き出して、彼らがその小さな歯車と化したときでも、昨夜の熱を帯びた探索で発見した秘密やおぼろげに見たすばらしい品物の数々が、まだ目の前にちらつくような思いであった。二人はアンケートの仕事をはじめる。相手はあのブランドや宣伝文句、宣伝映像を信じ、宣伝にのせられて、この植物性の香り、はしばみの実の匂いはほんとに芳しいなどと言いながら、ゼラチン用の廃牛の脂を食べるような人びとであった(といっても、彼ら自身、なぜだかよくわからないが、何か自分たちにも理解できないところがあるという変に不安な気持ちで、ポスターや宣伝文句や広告映画をきれいだとか、すごいとか、天才的だなどと思うことがないだろうか?)。二人は坐ってテープレコーダーを回し、しかるべき口調でふむ、ふむと相鎚を打ちながら、インタヴューに誘導尋問の手を使い、分析もいい加減に片付けて、あとはとりとめもなく他のことを空想するのだった。

どうすれば金持ちになれるか？　これはまったくの難題だ。しかし、世間には毎日、この問題をそれぞれものの見事に解決している人びとが現われているではないか、と彼らは思う。模範とすべきこうした人びと、フランスの良心と知性の活力を永遠に保証する人びと、その顔はいつもにこやかでしかも抜け目なく、聡明で意志的、健康と決断力にあふれ、おまけにいかにも慎み深い。こうした成功者たちはみな、停滞し、足踏みし、苛立ち、打ちひしがれている者にとって、忍耐心を呼び起こし、行動の規範を与えてくれる畏敬すべき偶像なのだ。

二人はこれら運命の女神のいつくしみを受けた人びとの出世ぶりについては何でも知っていた。策士、廉潔なポリテクニック出の秀才、強欲な金融資本家、推敲しない流行作家、世界漫遊者、パイオニア、インスタント・スープ業者、郊外市場の開拓者、甘美な歌を聞かせる流行歌手、プレイボーイ、金鉱探し、億万の金を動かす金融ブローカー、等々。こうした連中の話は至極単純だ。みんなまだ若さと美貌を保ち、目の奥には経験のきらめきを見せ、こめかみには暗い年月を物語る半白の髪、あけっぴろげの親しげな微笑は野望と貪欲と媚びを秘めている。

二人は自分たちにもこうした役はぴったりだと思っていた。例えば、彼らの引出しの奥に三幕の戯曲があるとしよう。庭には石油やウラニウムが眠っている。それを知らないで、彼らは長い間、貧窮と不如意と不安のなかで暮らしている。一度でいいから、地下鉄の一等に乗ってみたいと思う。ところが、ある日突然思いがけなく、荒々しく髪ふり乱し、雷鳴のような音響かせて幸運が現われる！　戯曲の上演が認められ、庭の鉱脈が発見され、そして彼らの天才が確認される。契約書が掃いて捨てるほど舞い込み、彼らはハバナ葉巻に千フラン札で火をつける。

いつもと変わらぬある朝のことだった。玄関の戸口の下に、三通の細長い封筒が差し込んである。封筒はいかめしい浮き上がりのネーム入りで、その下には宛名が「ＩＢＭディレクション」で正確に、規則正しく打たれている。封を切りながら、彼らの手がふるえる。

長い数字の並んでいる小切手三枚。あるいは一通の手紙、

　拝啓
貴殿の伯父ポドヴァン氏、遺言なく死去せられ候につき……[1]

二人はまだ夢をみているような気がして、自分の目を疑い、頬をつねってみる。それから窓をいっぱいに開け放つ。

こんな風に、おめでたい二人はいろいろなことを夢みていた。遺産、宝くじの一等賞、競馬の三連勝複式。つきについてモンテ＝カルロの銀行を破産させたり、誰もいなくなった電車の網棚に置き忘れられたカバンのなかに部厚い札束が入っていたり、一ダースの牡蠣のなかからひと首飾り分の真珠が出てきたり、あるいはポワトゥ地方の文盲の百姓の家にプール[2]の一対のソファーを見つけたり……

彼らはまったく熱に浮かされていた。すぐに、そして永久に大金持ちになりたいというやみくもな欲求が、ときには何時間も、何日も彼らをとらえて離さなかった。それは抑えることのできない病的な、息苦しいほどの欲望で、彼らのどんな小さな動作をも支配しているように思われた。富は彼らの阿片となった。彼らはそれに酔いしれ、想像の喜びに我を忘れて身を委《まか》せた。どこに行っても、もうお金にしか興味がなかった。夜になると、何千万フランの金や、金銀財宝の夢にうなされた。

二人はよくドルオーやガリエラの大競売へ行った。カタログを片手に絵画を入念に調べている紳士たちに混じり、ドガのパステル画や、珍しい切手、ばかばかしい金貨、レドラーの装釘になるラ・フォンテーヌやクレビオンの壊れやすくなった豪華版、クロード・セネやエーレンベルグの焼印のある見事な家具、金や琺瑯《ほうろう》の嗅ぎタバコ入れなどがつぎつぎに競り落とされて四散するのを見た。係官がこれらの品々を四方に示すと、何人かの人が匂いでも嗅ぐようにそれに真面目くさった顔を近づける。すると室内をひそひそ声が流

（1）　これはフローベール『感情教育』中の一文のパロディである。同書第一部（六）参照。
（2）　（一六四二―一七三二）フランスの高級家具師。鼈甲《べっこう》や銅を嵌め込んだ寄木細工に秀でた。

れる。競売がはじまる。競り値がみるみる吊り上がっていく。そしてついに槌が振りおろされ、ここで競りが終わる。品物が消え去り、二人の手の届くところを五、六百万フランの金が動いていく。

ときどき二人は競り落とした人びとの後をつけて行ってみた。これらの幸せな人間もたいていは誰かの手下の者か、古美術店の店員か、個人の秘書といったロボットにすぎなかった。彼らは二人をオズワルド＝クリューズ通りとか、ボーセジュール大通り、マスペロ通り、スポンティニ通り、ヴィラ・サイド、ルール大通りといったところにあるいかめしい構えの家の入口まで連れていく。鉄格子の柵の向こうにつげの茂みや玉砂利の小道が見え、ときにはカーテンの隙間から薄暗い大きな部屋が垣間見られることもあった。部屋のなかにはソファーや肱掛け椅子がぼんやりと見え、何やら印象派のものらしい絵の濃淡がおぼろげに認められた。それから二人は、あれこれと考えて苛立ちながら、いま来た道をとって返した。

ある日などは、いっそのこと泥棒でもしようかとさえ思った。そして二人は長いことこんな場面を想像した。黒服に身をかため、小さな懐中電燈を手に、ペンチとガラス切りのダイヤモンドをポケットに忍ばせ、日が暮れてから一軒の家に入り込む。地下室に降り、荷上げ機の簡単な錠をこじ開け、台所に達する。外国駐在の外交官か、いかがわしいが趣味の点では申し分のない金融資本家か、偉大な芸術愛好家か、目の利く好事家の住居であろう。どんな小さな隠し場所もあらかじめ調べてある。十二世紀の小さなマリア像のありかも、セバスチアーノ・デル・ピオンボの楕円形のパネル画、フラゴナールのデッサン、ルノワールの二枚の小品、ブーダンやアトラン、マックス・エルンスト、ド・スタールの絵のありかも、古銭やオルゴールやボンボン入れ、銀器、デルフトの陶器のありかも知っている。彼らの動作はまるで何回も何回も繰り返してきたかのように、正確で大胆だ。移動するのも自信満々、急がず、あわてず、冷静で的確、まさしく現代版アルセーヌ・ルパンだ。顔の筋肉一本動かさない。一つ一つガラスケースは切り破られ、絵も一枚一枚壁から外され、額から取り出されていく。

下に車が待っている。ガソリンは前日満タンにしてある。パスポートに手抜かりはない。前々から出発の用意はしておいた。彼らのトランクはブリュッセルで待っている。二人はベルギーに向かって出発する。国境も無事に越える。それからルクセンブルグ、アントワープ、アムステルダム、ロンドン、アメリカ、南米などで、あわてず少しずつ獲物を売り飛ばす。こうして気のおもむくままに、あちらの国こちらの国と、長い間世界中をさまよい歩く。最後にどこか気候のよい国に腰を落ち着ける。イタリアの湖畔か、ドゥブロヴニクか、バレアル諸島か、チェファルーあたりに、大庭園の真ん中に隠れた白堊の大邸宅を手に入れよう。

もちろん、何も実行はしなかった。宝くじ一枚買わなかった。せいぜいのところが、そのころ習い覚え、疲れ切った友情の最後の逃げ場となろうとしていたポーカーに、ときどきおかしいと思われかねない熱中ぶりを示すくらいだった。三場も四場も夜が白むまで徹夜で続ける週もあった。しかしけちな賭け方しかしなかったから、負けても危険の匂いを嗅ぐ程度、買ってもほんとに儲かったような気はしなかった。しかし、弱いツー・ペアか、あるいはもっとましなフォア・フラッシュで、少なくとも三百旧フラン分の数取り札を一度に投げ出して賭金を全部掻っ攫《さら》ったときとか、あるいは六百フラン勝ち、それを三度ですってしまった後、すった分を、それも六回もかかって取り戻したときには、彼らの顔に勝ち誇った微笑がにやりと浮かぶ。自分で運を切り開いたつもりなのだ。わずかな男気が実を結び、彼らはまるで英雄になったような気がするのだった。

農村のアンケート調査で二人はフランス中を歩きまわった。ロレーヌ、サントンジュ、ピカルディ、ボース、リマーニュなどの地方へ行き、古い家柄の公証人から、フランス全土の四分の一にトラックを走らせている卸売業者、景気のよい工場主、いつも大きな赤毛の犬の一群と見張り番の男たちを引き連れている農場主まで、いろいろな人に会った。

屋根裏の穀物置場には小麦があふれ、大きな中庭の敷石の上にはピカピカのトラクターに農場主の黒塗りの乗用車が向き合っている。彼らは労働者たちの食堂や、女たちがせわしげに立ち働いているとてつもなく大きな料理場、みんなフェルト底の履物で歩いている床の黄色くなった共用のサロン——そこには堂々たる暖炉やテレビ、頭もたせのついた肱掛け椅子、薄色の樫材の長持、銅や錫や陶器の器があった——を通り抜けた。さまざまな匂いのしみ込んだ狭い廊下のつきあたりのドアを押すと、そこが事務所になっていて、いろんなものがところ狭しと置かれているせいで、どちらかといえば小さな感じの部屋だった。壁の手回し式電話のわきに貼ってある計画表は、種蒔きその他農作業の計画、見積り、支払い期日など農園生活の概要を示し、グラフは収穫の記録を雄弁に語っていた。領収書や給与明細書、見積書、あるいは反古《ほご》同然の書類がうず高く積まれた机の上に、今日の日付のページを開いて置かれた黒い布張りの帳簿には、何桁もの数字がぎっしりと縦に長く並んでいて、活発な出納ぶりをうかがわせた。額に入った牡牛や乳牛や牝豚の表彰状の隣には、地籍図の一部や参謀本部地図、羊の群れや家禽たちの写真、トラクターや脱穀機、根掘り機、播種機などの四色刷りのパンフレットが貼ってあった。

その部屋で二人はテープレコーダーをまわし、真面目くさった顔をしてアンケート調査をはじめた。農業の現代生活への適応について、フランスの農村開発の矛盾について、明日の農民、ヨーロッパ共同市場、小麦と甜菜《てんさい》に関する政府の決定、冬の間の家畜の自由な小屋飼い、あるいはパリティ価格等々について。しかし実際は上の空のやりとりで、心は誰もいなくなったこの家のあちこちを歩きまわる自分たちの姿を想像しているのだった。ワックスをかけた階段を上り、長い間鎧戸を閉めきったままの黴くさい部屋に入る。そこには立派な家具が灰褐色のカバーの下で眠っている。高さ三メートルもある大きな戸棚を開けると、なかにはラヴァンドの香りをこめたシーツや、広口の貯蔵瓶や銀器がいっぱいだ。

屋根裏の薄暗がりのなかに、まぎれもない財宝が見つかる。果てしなく奥に延びた地下室では、ぶどう酒の大樽小樽、食用油や蜂蜜でいっぱいの壺、塩漬けの食料品の樽、ジン漬けの燻製ハム、マルク(1)の小樽などが彼らを待っているだろう。

二人は水音の響く洗濯場や、材木倉庫、石炭倉庫、何段にも重ねられた簀子《すのこ》の上にりんごや梨が果てしなく並んでいる果物貯蔵所、あるいは刻まれたばかりの誇らしげな文様から水分がにじみ出ている新鮮なバターの塊や、牛乳の入ったブリキの容器、生クリームやクリーム・チーズやカンコイヨット・チーズの鉢などが山をなしている、すっぱい匂いの漂う乳製品加工場を歩きまわる。

彼らはまた、牛小屋や厩舎、修理工場、鍛冶場、納屋、大きな丸パンを焼いている竈場《かまば》、穀物袋がいっぱいの倉庫、ガレージなどを見て歩く。

あるいは、給水塔の頂から農場全体を見わたす。敷石をした大きな中庭を建物が四方から取り囲み、ゴシック式の門が二つと、家禽飼養場や豚小屋、野菜畑、果樹園、国道に通じるプラタナスの並木道が見え、そのまわり一帯には小麦畑の黄金色の大きな縞や、大樹林、雑木林、牧場が果てしなく拡がり、あちこちに道路が黒く真っ直ぐに走っていて、そこをときどき車がキラキラと光って通る。川があるらしいが、きり立った両岸に隠れてほとんど見えず、川沿いのポプラの曲がりくねった線だけが長く延びて、やがて霞のかかった丘のかなたの地平線へ消えていく。

それから、突然、断続的にまた別の蜃気楼がいくつも現われた。巨大な市場、果てしなく続く商店街、そして一風変わったレストラン。そこでは食べられるもの、飲まれるものはすべて彼らの食卓に供される。箱や籠や笊《ざる》には、赤や黄色の大きなりんご、細長い梨、紫色のぶどうがあふれんばかり。陳列台の上には、マンゴー、いちじく、メロン、すいか、レモン、ざくろが並び、袋詰めのアーモンド、くるみ、ピスタチオや、小さな箱に入ったスミルナ産やコリント産のぶどう、干しバナナ、砂糖漬けの果物、黄色く半透明の干しな

（1） ぶどうの搾り糟で作った白ブランデー。

つめやしが山をなしている。

豚肉屋もあちこちにある。それは無数の円柱が立ち並び、ハムやソーセージが天井一面に吊り下げられている大伽藍、山のようなリエット(1)やロープのようにとぐろ巻きにされたブーダン(2)、シュクルートや紫がかったオリーブ、塩漬けのアンチョビー、きゅうりのピックルスの入った樽などがいっぱいの薄暗い洞窟だ。

あるいはまた、逆さに吊るされた仔豚や猪、四半分に切られた牛、兎、脂のよくのった鵞鳥《がちょう》、ガラスのような目をした小鹿などで、通りの両側に二重の垣ができている。

二人は何ともいえないいい匂いのする食料品店や、何百というパイの並ぶすばらしいお菓子屋や、何千という銅鍋が光っている豪勢な料理場を通る。

彼らは豊饒の世界に没入し、巨大な市場がそば立つに委《まか》せる。彼らの前にハムやチーズや酒の楽園が現われる。純白のテーブル・クロースとおびただしい花に飾られ、クリスタル・グラスの器と高価な食器類が並べられてすっかり用意の整ったテーブルが差し出される。そこには十人分もの肉パイや、テリーヌ(3)、鮭、かます、鱒、伊勢えび、角と銀でできたマンシュ(4)をリボンで飾った羊の股肉、野兎、鶉《うずら》、焼きたてで湯気の立っている猪、臼のように大きなチーズがあり、たくさんの酒瓶が林立している。

よくふとった牛を積んだ貨車を引いて機関車が現われる。メーメー鳴いている牝羊を乗せたトラックが止まる。伊勢えびの籠がピラミッド形に積み重ねられている。何千もの竈《かま》から何百万ものパンが取り出され、何トンものコーヒーが船から荷揚げされる。

それからさらに遠く——二人は夢みるように半ば目を閉じる——森と芝地の真ん中、川のほとり、砂漠の入口、あるいは海に突き出た断崖の上、大理石の敷きつめられた広大な広場に、摩天楼の林立する都市が聳え立つのが見える。

正面が鋼鉄や、珍しい木材や、ガラスや大理石でできた建物に沿って彼らは歩く。中央ホールのなか、町全体に数百万の虹を投げているカット・グラスの壁に沿って、五十階の高さから滝が流れ落ち、目も眩むばかりのアルミニウムの螺旋階段が二つ、そのまわりを

（1） 豚の脂油で調理した壺入りの豚の挽き肉。
（2） 豚の血と脂の腸詰。
（3） 壺に入れて保存された肉。
（4） 羊の股肉を切り分けるときに骨を挟むねじ付きの器具。

取り巻いている。

エレベーターで上に運ばれる。曲がりくねった廊下を通り、水晶の階段を上り、さんさんと光の降りそそぐギャラリーを大股に歩いて行く。そこには見渡すかぎり像や花々が並び、澄みきった水が色とりどりの小石の上を流れている。

近づくとドアがひとりでに開く。彼らは屋外プールやスペイン風の中庭、読書室、静かな部屋、劇場、大きな鳥籠、庭園、水族館、小さな美術館を見出す。それは彼らのためだけの美術館で、小さな部屋の四隅を平らにしたところに、四枚のフランドル派の肖像画が掛けてある。ある部屋は岩だけでできているかと思うと、他の部屋はジャングルである。また別の部屋では海の波が砕け、さらに別の部屋には孔雀が散歩している。円形の部屋の天井には無数の旗が下がっている。果てしなく続く迷宮に妙なる旋律が流れる。突飛な形をした部屋は、嫋嫋《じょうじょう》としたこだまを生じさせるためだけにあるらしい。ある部屋の床は、一日の時の流れに従って変化する、何か非常に複雑なゲームの図形を描き出す。

広大な地下室では、見渡すかぎり機械が従順な運動を続けている。

二人は次々と目の前に現われる思いがけない、驚嘆すべき光景に、我を忘れて身を委ねる。生きているだけで、存在するだけでもう全世界がわがものになるのだ。二人の船、二人の汽車、二人のロケットは地球全体を縦横に駆けめぐる。世界は、一面小麦畑に覆われた農村も、魚がいっぱいの海も、山々の頂も、砂漠も、花咲き乱れる田園も、海辺も、島々も、木々も、財宝も、みな彼らのものになり、長い間打ち捨てられ、地下に埋もれていた巨大な工場では、彼らのためにこの上なく美しい毛織物や、この上なく華麗な絹織物が織られる。

彼らの楽しみは数知れない。野生の馬に跨り、高く生い茂った草の波打つ広大な草原を、大ギャロップで夢中になって駆けまわる。どんなに高い山々にも登る。樅の巨木の間を縫って、急斜面をスキーで滑降する。波一つない湖で泳ぎ、篠突く雨のなかを濡れた草の匂いをかぎながら歩く。陽の光を浴びて長々と寝そべったり、野の花の咲き乱れる谷間を小高い丘の頂から見下ろしたり、果て知らぬ森のなかを歩きまわったりする。二人はまた、厚い絨毯が敷かれ、深々としたソファーの置かれたほの暗い部屋で愛し合う。

それから彼らは、異国の鳥の図柄の高価な陶磁器や、手漉《てす》きの日本の紙にエルゼヴィール活字で印刷され、心地よく目を憩わせることができるように、縁を裁断していない真っ白な余白が広くゆったりととってある革表紙の本や、マホガニーのテーブル、色彩に富んだ絹や麻の柔らかくて気持ちのよい衣裳、広々とした明るい部屋、幾抱えもの花、ブカリアの絨毯、跳びはねるドーベルマンなどを夢みるのだった。

二人の姿も、立ち居振舞いもこの上もなく優雅で、眼差しは澄み、心は清らかで、微笑は底抜けに明るい。

短い夢幻劇の終幕に、二人は巨大な宮殿がいくつも建つのを見た。ならされた平地に数千のかがり火が燃え、数百万の人びとが『メサイア』(1)を歌いに集まってくる。広大なテラスでは、一万本の金管楽器がヴェルディの『レクイエム』を吹奏する。山肌に詩が刻まれる。砂漠のなかに庭園が現われる。都市全体が壁画となる。

しかし、これらのきらめくイメージ、尽きせぬ波濤のように彼ら目がけて群れをなし、断続的に押し寄せてくるこれらすべてのイメージ、めくるめくばかりの敏速で、輝かしく、勝ち誇ったイメージは、彼らには最初、驚くべき必然と限りない調和によって繋がっているように思われた。それは驚嘆している彼らの眼前に、さながら一つの完成した風景、はなばなしく、勝ち誇った統一体、一つの完全な世界像、彼らがついに理解し、解読することのできた有機的な組織体が突然そそり立つかのようであった。最初は自分たちの感覚が十倍も強まり、視力や聴力が無限に拡がり、すばらしい幸福感がどんな些細な動作にも伴い、自分たちの歩みにリズムを与え、自分たちの生活に滲み入るような気がした。世界は彼らに近づいて来、彼らは世界を迎えに行き、やむことなく世界を発見しつづけた。彼らの人生は愛と陶酔であり、情熱は限りを知らず、自由には何の障害もなかった。

しかし、彼らはおびただしい事物のディテールに圧倒されて、次第に息苦しくなってきた。イメージはぼやけて混乱し、彼らが記憶にとどめえたのは、曖昧模糊とした、脆くしかし執拗な、ばかげて貧弱なそのいくつかの断片だけだった。それはもはや全体的な動き

（1）　ヘンデル作曲のオラトリオ（一七四二）。

ではなくてばらばらの絵、平静な統一体ではなくて痙攣する破片であり、まるでそれらのイメージはひどくおぼろげなはるか彼方の蜃気楼、生まれたと見る間に消えてしまう暗示的で幻覚的なきらめき、つまりは塵のように空しいものでしかないかのようであった。それは彼らのいたって不器用な欲望のはかない投影であり、貧弱な光彩のかすかな反照、彼らが決してとらえることのできない夢のきれぎれな断片であった。

彼らは幸福というものの姿を正しく思い描いているつもりでいた。自分たちの幸福の夢は自由ですばらしく、絶え間なく打ち寄せる波となって世界に浸透しようとしていると思っていた。自分たちの歩みが幸福であるためには、ただ歩きさえすればいいと考えていた。だが、夢のあとに見出すのは、いつも身動きもしない、孤独で、いささか空ろな自分たちであった。眼前に拡がるのは、ただ灰色に凍てついた平原、不毛のステップ。砂漠の入口には一つの宮殿も聳えていず、一つの広場も地平線を限ってはいなかった。

このような狂おしいまでの幸福の希求、一瞬幸福を垣間見た、覗きえたという恍惚感、この異様な旅行、身動きもしないでなしとげたこの壮大な征服、新しく見出した地平線、予感された喜び、この不完全な夢の向こうにおそらくは存在しうるものすべて、まだ不器用でたどたどしいが、すでにおそらくは言葉にならぬぎりぎりのところで新しい感動と要求を担った渇望――目をあけると、それらすべてが一瞬にして消え失せた。ふたたび自分自身の声と、質問相手のはっきりしないつぶやきと、テープレコーダーのモーターの低いうなりが聞こえてきた。そして二人の目の前に、銃床には緑青がふき、銃身がグリースで光っている五挺の猟銃のかかった銃架の傍らに、色つきパズルのような地籍図が見えた。その中央に、二人は農場のほぼ完全な四辺形や、小さな道を表わす灰色の線や、プラタナスの五点形、国道の太く濃い線を認めたが、大して驚きもしなかった。

それからしばらくして、彼ら自身がプラタナスに縁どられたその灰色の小道にいた。ついで彼らは、長く黒い道の上の光る一点となった。彼らは豊かな大海に浮かぶ貧しい小さな島であった。二人はあたりを見まわし、ひなげしの小さな赤い斑点を点綴した黄金色の広大な畑が拡がるのを眺めた。彼らは自分たちが何ものかに圧し潰されるのを感じるのだった。

第二部

二人は逃亡を試みた。

人は熱狂のなかにいつまでも生きることはできない。多くのものを約束しておきながら、何も与えてはくれないこの世界では、精神の緊張があまりに激しかった。もうこれ以上我慢はできない。ついにある日、自分たちには避難所が必要であることに彼らは思いあたった。

彼らのパリの生活は足踏み状態にきていた。もう一歩も前へ進まなかった。そこで、ときおり彼らは――彼らのどんな夢にもつきもののあの無数の虚構のディテールで、競って誇張を加えながら――四十代のプチブルになった自分たちの姿を想像してみることがあった。ジェロームは戸別販売組織（例えば「家庭保全協会」とか「盲人・苦学生のための石鹼販売協会」）の主任におさまり、シルヴィは世帯持ちの上手な主婦。そして小ぎれいなアパートに小さな車、毎年ヴァカンスを過ごしに行く小さなホテル、テレビ。あるいは逆に、そしてこれはもっと絶望的だったが、老いぼれたボヘミアンになり、タートル・ネックにコールテンのズボン姿で、毎晩サン＝ジェルマンかモンパルナスあたりの同じカフェのテラスに現われ、たまさかのお客の好意で糊口をしのぎ、真っ黒な爪の先までさもしくなっている。

彼らはあらゆる誘惑を逃れて、田舎で暮らすことを夢みた。つましいが、明るい生活。村の入口に白い石の家を構え、暖かいコールテンのズボンに頑丈な靴をはき、アノラックを着、鉄の石突きのついた杖を手に、帽子をかぶって森のなかを毎日何時間も散歩する。帰ってくると、イギリス人のように紅茶とトーストの仕度をし、暖炉に太い薪をくべ、何度聴いてもあきない四重奏曲のレコードをかけ、いままで読む暇のなかった長編小説を読み、友だちを招《よ》ぶ。

こうしてよく田舎への脱出を試みたが、しかし現実的な計画の段階にいたることはほとんどなかった。たしかに、田舎でできる仕事はないものかと、あれこれ真面目に考えたことは一度ならずあったが、しかしそんなものは何もなかった。小学校の教師に、という考えがあるときちらっと脳裏をかすめたが、ぎっしり詰まった授業と疲れのひどい毎日を考えると、すぐ嫌気がさしてしまった。本のセールスマンにでもなろうか、プロヴァンスに行って、打ち捨てられた農家で民芸風の陶器でもつくろうか、とあてもなく話し合ったりもした。また週に三日だけパリで暮らして、残りの四日をヨンヌかロワレ地方で気楽に暮らせるだけの金を稼ぐ、という考えも大いに気に入った。だが、こうした計画も単なる思いつきにとどまってそれ以上は一向に進展せず、その現実的な可能性、というよりむしろ不可能性について検討するまでには至らなかった。

彼らはいまの仕事を放棄し、すべてを抛って冒険を試みることを夢みた。ゼロから再出発し、新しい基盤の上で何もかもやり直すことを、過去と断絶し、訣別することを夢みた。

しかしその間にも、そんな考えだけはひとり歩きして、二人の心のなかに徐々に根をおろしていった。一九六二年の九月半ば、金がない上に雨にたたられ、めちゃめちゃになってしまった面白くもないヴァカンスから帰ると、二人はついに心を決めたように見えた。折りも折り、十月のはじめ、『ル・モンド』に現われた広告はチュニジアに教師の口があることを告げていた。二人はためらった。理想的なチャンスとは言いかねた——彼らが夢みていたのは、インドやアメリカやメキシコだった。これはいささか退屈な、ぱっとしない職だ。それに一財産つくれる見込みもなければ、冒険を楽しめるあてもない。気乗りがしなかった。しかし、考えてみれば、チュニスには何人か友だちもいる。高校や大学の級友だ。それに常夏の国、紺碧の地中海、新しい生活、本当の出発、新しい仕事が約束されている。二人は応募することにした。そして採用された。

本当の出発というものは、前々から長いことかかって準備するものなのだ。ところが、彼らの出発はなっていなかった。まるで逐電するみたいだった。二週間というもの、健康診断、パスポート、ヴィザ、切符、荷物などのために役所や事務所を駆けずりまわった。そしていよいよあと四日で出発という日になって、二つの修業証書のあるシルヴィはチュニスから二百七十キロ離れたスファックスの工業高校に、教養課程も終えていないジェロームはスファックスからさらに三十五キロのマハルの小学校教師に任命されたことがわかった。

悪い知らせだった。彼らは行くのをやめようかと思った。彼らが行くことを望み、また行けるとばかり思っていたのはチュニスだった。チュニスでは友人たちが待ち、住居ももう決めてくれていたのだ。が、もう遅かった。アパートは人に転貸ししてしまったし、座席も予約し、お別れパーティも済ましてしまった。随分前から出発の準備ができていたのだ。それに名前さえろくに聞いたことのないスファックス、それは世界の果てだ、砂漠だ。すべてのものから切り離され、遠ざけられて、これまで経験したことのないような孤独のなかに生きるという予想は、極限状態の大好きな彼らには悪くはなかった。それにしても、小学校教師の職はあまりにも不面目とはいわないまでも、少なくともあまりにも負担が重すぎるということに二人の意見が一致し、ジェロームの契約をうまく解除してもらった。現地で何か仕事が見つかるまで、なんとか一人分の給料でやっていけるだろう。

こうして二人は出発した。駅までみんなが送ってくれた。そして十月二十三日朝、本の入ったトランク四個とキャンプ用のベッドを持って、マルセイユからチュニス行きのコマンダン＝クリュベリエ号に乗船した。海は荒れ、昼食はまずかった。二人は酔って薬を飲み、ぐっすり眠った。翌日、チュニジアが見えた。晴天である。二人はにっこりした。島が現われる。プラーヌという島だと人に教わる。次に長く細い大きな砂浜が見え、グレットを過ぎると湖の上を舞う渡り鳥の群れが望まれた。

二人は出かけてきたことを喜んだ。超満員の地下鉄や、短すぎる夜、歯痛、不安、そんな地獄から逃れ出たような気がした。彼らにはものが見えていなかった。彼らの生活はあてどもなく、日夜綱渡りをしているようなもので、そこには限りもなく、何の支えもない空虚な渇望とむき出しの欲望しかなかった。もうへとへとだった。そんな自分を葬り、忘れ、なだめるために発ってきたのだ。

太陽が輝いていた。船はゆっくりと音もなく、狭い水路を進んだ。すぐ近くの道で、オープンカーに立った人びとが彼らに大きく手を振っている。空には小さな白雲がじっと浮いたまま動かない。もう暑くなっていた。上甲板の舷墻《げんしょう》が生温かった。二人の立っているすぐ下の甲板で、水夫たちが長椅子を積み重ね、船倉を保護している防水布を巻いている。

タラップに長い列ができた。

スファックスにはさらに鉄道で七時間の旅をして、翌々日の午後二時ごろ到着した。焼けつくような暑さだった。白と薔薇色に塗った小さな駅舎の前を埃っぽい灰色の大通りが果てしなく延び、両側に新しいビルや醜い棕櫚《しゅろ》の木が並んでいる。汽車が着いて数分もすると、二、三台の自動車と自転車が立ち去り、町はふたたび完全に静まりかえった。

荷物を一時預けにし、ブールギバ通りという大通りを歩いてみる。約三百メートルほど行くと、レストランがあった。壁に取り付けた首ふりの大きな扇風機が不規則にうなっている。油布のかかったテーブルはべとべとに汚れ、数十匹の蠅が群がっている。それを無精髭のボーイが一人、なげやりにナプキンで追い払う。二人は二百フランで、ツナ入りのサラダとミラノ風エスカロープを食べた。

それからホテルを探し、部屋を予約し、荷物を運ばせた。手と顔を洗い、ちょっと横になってから、着替えをしてまた下に降りていった。シルヴィは工業高校へ行き、ジェロームは外のベンチで待った。夕方四時ごろになって、ようやくスファックスは眠りから覚めはじめた。何百人もの子供たちがまず現われ、ついでヴェールをまとった女たち、薄鼠色のポプリンの制服を着た巡査、乞食、二輪馬車、驢馬《ろば》、さっぱりした身なりのブルジョアたちが姿を見せた。

シルヴィが手に時間割を持って出てきた。二人は散歩を続け、ビールを一本飲み、塩漬けのオリーブとアーモンドを食べた。新聞売りが一昨日の『フィガロ』を売っていた。彼らはとうとうやってきたのだ。

翌日、シルヴィは未来の同僚たちに会った。彼らは二人の家探しを手伝ってくれた。それは天井が高く、家具一つないがらんとした大きな三部屋の家だった。長い廊下を伝って行くと、四角な小部屋に突き当たり、そこに五つのドアがあって、それぞれ三つの部屋と浴室と広々とした台所に通じている。バルコニーが二つ、どこかサン=トロペに似た南水路ドックAの小さな漁港と悪臭を放つ入江に面していた。二人ははじめてアラブ人街に足を踏み入れ、馬のたてがみと尻尾の毛を詰めたマットレスや、その下に敷くスプリング、籐の肱掛け椅子二脚、綱張りの腰掛け四脚、テーブル二台、珍しい赤い模様の入った厚手の黄色いアルファ茣蓙《ござ》を買った。

ほどなくして、シルヴィの授業がはじまった。日一日と二人は家を整えていった。別送したトランクが着き、荷解きをして本やレコード、プレーヤー、飾り物などを取り出した。赤や灰色や緑の大判の吸取り紙でスタンドの笠をつくり、粗削りの長い板と十二個の穴のあいたブロックを買ってきて、二面の壁のそれぞれ半分に棚をしつらえた。また数十枚の複製画を壁という壁に貼りめぐらし、よく見える場所には友人全部の写真を貼った。

わびしい、冷えびえとした住居だった。天井はいやが上にも高く、黄土色の漆喰まがいのもので塗られた壁はところどころ大きく剝げ落ちていた。床は一面、無色の大きなタイル張り。無用な空間が多く、二人で住むにはすべてがあまりにも大きく、あまりにもがらんどうだった。親しい仲間が五、六人で飲んだり、食ったり、喋ったりするにふさわしい家なのだが、いかんせん、彼らは二人ぽっちで、流竄《りゅうざん》の身なのだ。居間にはそれでも小さなマットレスをのせ、派手な柄のカバーをかけたキャンプ用のベッドや、何枚かのクッションを放り投げた厚手の花茣蓙《ござ》、さらには、特に本——一列に並んだプレイヤード版や、ずらりと揃った幾種類かの雑誌、ティスネ[1]の四巻の美術書など――や、こまごました飾り物や、レコード、大きな古い海図、「カルーゼル祭」の版画など、すべてつい最近までもう一つの生活の舞台装置をなしていたもの、いまこの砂と石の世界にあって、彼らをキャトルファージュ通りや常緑の木々、街角の小公園などへ連れ戻してくれるものが置かれていて、なおいくらかの暖かみは感じられた。花茣蓙《ござ》の上に腹這いになり、小さなトルコ式コーヒー茶碗を傍らに置いて、『クロイツェルソナタ』や『大公』や『死と乙女』を聴く。それはまるで、ホールのような家具のほとんどないこの大きな部屋のなかで絶妙の音響効果を得た音楽が、そこに住みつきはじめ、突然その雰囲気を一変してしまうかのようだった。それは招かれた客であり、偶然久しぶりにめぐり会った親愛なる友、彼らと食事を共にし、彼らにパリを語り、十一月のこの肌寒い夜、ほとんど裸同然の不安な異郷にあって、彼らを過去に連れ戻し、ほとんど忘れていたかつての共犯意識や共同生活の感覚を蘇らせてくれる友人であった。それはまるで、花茣蓙の表面や二つの棚、レコード・プレーヤー、円筒形のスタンドの笠が切り取る光の輪といったごく限られた範囲に、時間も距離も侵すことのできない安全地帯が根をおろし、生きつづきえたかのようだった。しかし、そのまわりに拡がっているのは、流謫《るたく》の地、見知らぬ世界であった。足音がいやに高くひびく長い廊下、なかにある家具といえば藁の匂いのする固い大きなベッドだけで、その他にはナイトテーブル代わりの古い箱の上のぐらつくスタンドや、下着類のつまった柳行李、衣服が山と積まれた腰掛けが一つきりという敵意を含んだ、冷たく大きな寝室、無用で全然足を踏み入れたことのない第三の部屋。そして石の階段、絶えず砂塵に脅かされている大きな玄関。通りに面した三階建ての三つの建物、海綿を干す納屋、空地。それから、そのまわりに拡がる町全体……

二人はスファックスで、おそらくかつてない奇妙な八カ月を過ごした。

スファックス、港とヨーロッパ人街が戦争ですっかり破壊されたこの町は、直角に交わる三十あまりの通りからなっていた。主な通りは駅から二人の住むすぐそばの中央市場にいたるブールギバ大通りと、港からアラブ人街にいたるヘディ＝シャケール大通りで、この二つの大通りの交叉点が町の中心だった。その一角には市役所があって、一階の二部屋

（1） フランスの美術出版社。

にいくつかの古い陶器と五、六個のモザイクが展示されていた。その他、独立直前にマン・ルージュ[1]に暗殺されたヘディ・シャケールの銅像と墓や、アラブ人の出入りするカフェ・ド・チュニスとヨーロッパ人の集まるカフェ・ド・ラ・レジャンス、小さな花壇、新聞売りのキオスク、タバコの売店などがあった。

ヨーロッパ人街はものの十五分もあればひと回りできた。二人の家から工業高校まで三分、市場に二分、いつも食事に行くレストランが五分、カフェ・ド・ラ・レジャンスが六分、銀行も市立図書館も、また町に七軒ある映画館の六軒までが同じく六分。郵便局、駅、それにチュニスやガベス行きの乗合タクシーの溜まりが十分足らずで、これだけ知っていれば、スファックスで生活するにはまずこと足りるのだった。

城砦化された古く美しいアラブ人街は、見事としか言いようのない灰褐色の城壁と城門に取り囲まれていた。二人はよくそこに入り込んだ。どこを散歩しようと、そこが彼らの唯一のゴールだった。しかし、彼らはまさに単なる散歩者にすぎなかったが故に、いつまでたっても異邦人のままであった。町がどのように動いているかそのどんな簡単な仕組みすらわからず、彼らはただそこに入り組んだ迷路を見るだけだった。錬鉄でできたバルコニーや、彩色の美しい梁や、完璧な尖頭アーチの窓、光と影の戯れの妙、極端に狭い階段などを見上げては驚嘆するのだったが、散歩の目的といったものは何もなかった。ただ同じところをぐるぐる歩きまわるだけで、道に迷いはしないかと始終びくびくして、すぐ疲れてしまうのだった。長々と続く惨めな露店やほとんど同じようなたたずまいの店々にも、外部に対して閉ざされたアラブ人市場にも、群衆の雑踏する通りと人気のないがらんとした通りとが不可解に交替する街並にも、あるいはどこへ行くとも知れない人びとの群れにも、結局、何ひとつ二人の興味を惹くものはなかった。

こうした疎外感は、長いうつろな午後や絶望的な日曜日に、アラブ人街を端から端へ横切り、ジェブリ門を抜け、果てしなく続く城外の貧民街まで足を延ばすときなど、いっそう強まり、胸苦しくさえなるほどだった。スファックスの城外は、何キロにもわたって小さな庭や、さぼてんの垣根、荒壁土の家、トタンとボール紙の掘立小屋がひしめき、次に荒寥とした、悪臭を放つ潟が拡がり、その先に限りなく続くオリーブ畑がはじまっていた。二人は兵舎の前を過ぎ、空地や沼沢地帯を横切って、何時間もさまよい歩くの

（1）ＯＡＳに似たチュニジアのコロンたちのテロ組織。シャケールは組合活動家。

だった。

その後でヨーロッパ人街に戻り、映画館の「ヒラル」や「ヌール」の前を通り抜け、カフェ・ド・ラ・レジャンスのテーブルに坐り、手を打ってボーイを呼び、コカ・コーラかビールの小瓶を注文したり、新着の『ル・モンド』を買ったり、あるいはいつも薄汚れた白い長衣をまとい、布の球帽をかぶった行商人を口笛をならして呼び、袋入りのピーナッツや炒《い》ったアーモンド、ピスタチオや松の種子などを買ったりすると、故国に帰ったような憂鬱を覚えた。

二人は白く埃をかぶった棕櫚《しゅろ》の木の下を歩いた。ブールギバ大通りのネオ・ムーア風の建物の正面に沿って行った。醜悪なショー・ウィンドーにぼんやりと一瞥を投げると、そこには粗雑な家具や錬鉄の燭台、電気毛布、小学生用のノート、婦人の外出着、婦人靴、携帯用ガスボンベなどが並んでいた。これが二人の唯一の世界、真の世界であった。二人は足を引きずって家に戻り、ジェロームはチェコ製のザズア(1)でコーヒーを沸かし、シルヴィは一束の答案の採点をするのだった。

ジェロームはまず仕事を見つけようとした。何度もチュニスへ行き、フランスでもらった紹介状やチュニジア人の友だちの力添えで、情報、ラジオ、観光、文部などの省の役人たちに会った。しかし、結果はみな骨折り損だった。モティヴェーション・リサーチはパートタイムの仕事と同様、チュニジアではまだ行なわれていず、割のいい仕事は数少ない上に人が決して手放そうとはしなかった。彼は何の資格も持っていなかった。エンジニアでもなければ、会計士でもなく、工業デザイナーでも医者でもなかった。改めて小学校の教師か、自習教師の口をすすめられたが、これには気がのらなかった。すぐに彼はあらゆる望みを棄ててしまった。つましく生活すれば、シルヴィの給料だけでなんとかやっていける。第一、スファックスでは、つましくするのが最も普通の暮らし方であった。

シルヴィは自分よりも大きな、フランス語の文章もろくに書けない生徒たちに、カリキュラムに則って、マレルブやラシーヌの隠れた美しさを理解させるのに苦心惨憺した。ジェロームは時間を無駄にしていた。社会学の試験の準備をしたり、映画についての自分の考えをまとめようとしたり、あれやこれやと計画を立てはするのだが、最後までやりと

（1）　トルコ式コーヒーのための小さなコーヒー沸かし。

げることはなかった。ウェストン(1)の靴をはいて街をうろつき、港へ足をのばし、市場をさまよった。美術館へ行き、監視人と二言三言言葉を交わし、しばらく古い壺や墓碑銘や、「ライオンの穴に投げ入れられたダニエル(2)」とか「海豚《いるか》に跨るアムピトリーテー(3)」といったモザイクを眺めたりした。あるいは、城砦の下に設けられたコートにテニスの試合を見に出かけたり、アラブ人街に入り込み、市場をぶらついて織物や銅器や鞍などを手に取ってみたりもした。新聞という新聞はみな買って、クロスワード・パズルを楽しみ、図書館から本を借り出し、少々哀れっぽい手紙をパリの友だちに書き送った。返事はめったに来なかった。

シルヴィの時間割が二人の生活にリズムをつけていた。彼らの一週間は吉日と凶日からなっていて、吉日は午前中暇で、映画の番組が変わる月曜、午後が暇の水曜、終日暇で、また映画の番組が変わる金曜、その他の日は凶日だった。日曜日は吉でも凶でもないいわば中間の日。午前中は楽しかった。おそくまで朝寝坊をきめこみ、パリからは週刊紙も着く。だが午後は長く、夕刻からはたまたま面白い映画でもない限り、忌まわしいほどだった。しかし、名画どころか、まあまあ見られるという程度のものさえ、同じ半週のうちに二本上映されるということはめったになかった。こうして一週一週が過ぎていった。それは機械的な規則正しさで続き、四週間で大体一月。どの月もみな似ていた。日が一日一日と短くなった後、今度は一日一日と長くなっていった。冬は湿気が多く、うすら寒かった。二人の日々はこうして流れていった。

（1） パリに店を張っている英国の高級靴店。
（2） 旧約聖書ダニエル書参照。
（3） 海の女神。ネレウスの娘でポセイドンの妻。

二人は完全に孤独だった。

スファックスは不透明な町だった。ときどき彼らには、誰も決してそのなかに入り込むことはできないだろうと思われた。扉は永久に開かれることはないだろう。夜になると、通りには人びとがあふれ、隙間もないほどの群衆がヘディ＝シャケール大通りのアーケードの下や、ホテル・マブルークの前、デストゥール党[1]教宣センター、ヒラル映画館、レ・デリス菓子店の前などをほとんど絶え間のない波となって流れた。カフェやレストランや映画館のような公共の場はどこもほとんど超満員。ときおり、見なれたような顔に出会うこともあった。だが、この中心をちょっとはずれると、港や城砦に沿ったあたりは、すべて空虚と死だった。背の低い棕櫚《しゅろ》の木に囲まれた醜悪な大寺院の前の砂だらけの大広場。

空地と三階建ての建物に縁どられたピクヴィル大通り。黒く一直線に、砂埃を浴びて延びる、むき出しの寒々としたマンゴルト通り、フェザニ通り、アブデル=カデル・ツガール通り。風が萎縮病の棕櫚《しゅろ》の木を揺さぶっていた。鱗片でふくらんだその幹から、辛うじて何枚かの扇形の葉が出ている。あちこちで猫が塵箱にもぐり込む。ときどき黄色い犬が尻尾を巻いて壁際を通った。

人影ひとつ見えなかった。年中閉ざされたままの扉の背後にあるのは、むき出しの廊下と石の階段、陽のあたらない中庭だけだった。直角に交叉する通り、鉄のシャッター、板囲い、人気のない名ばかりの広場と街路と幻にも似た並木道の世界。二人は黙ってあてどもなく歩いた。ときには何もかもが幻覚で、スファックスという町は存在せず、息もしていないように思われることがあった。どこかに仲間入りの呼びかけでもないものかとあたりを見まわすのだが、それに応えるものは何もなかった。苦しいほどの孤絶感だった。彼らはこの世界から追われ、そこに身を浸すこともできず、いまはもとより、これからも決

（1）　憲政党の意味で、一九三四年以来ブールギバを党首とするチュニジア唯一の政党。一九六四年デストゥール社会党と改称。（編集部注—二〇一一年のジャスミン革命のあと、解党を命じられた。）

してそこの住人になることはないだろうと思われた。あたかも古い秩序が永久に確立していて、厳格な規則が二人を排除するかのようだった。彼らは行きたいところへ行ける。誰からも咎められず、言葉もかけられない。彼らはいつまでも見知らぬ人間、よそ者のままだ。港のイタリア人やマルタ島人やギリシャ人は、二人が通るのを黙って見送り、白ずくめの服に金縁眼鏡で、ボディガードを従えて太守《ベイ》通りを悠然と歩く大オリーブ園主は、擦れちがっても二人に見向きもしない――そんな掟でもできているかのようだった。

シルヴィの同僚たちとの関係も疎遠で、しばしばよそよそしかった。フランス人の正教授たちは、シルヴィのような臨時雇いにははなもひっかけないように見えた。そんな身分の違いが気にならない連中でさえ、シルヴィが自分たちと似ていないのは許せなかった。彼女が品位と教養のある、礼儀正しい教授夫人であり、彼女自身も教授であり、田舎のプチブル出の女性であることを彼らは望んでいたのだ。何といっても、われわれはフランスを代表しているのだから、というのが彼らの言い分だった。いわばまだ二つのフランス、つまり、できるだけ早くアングレームかベジエかタルブあたりに小さな家を持ちたいと願っている駆け出しの教授たちのフランスと、脱営や徴兵忌避のために植民地手当を受けず、代わりに手当を受けている連中をあえて軽蔑することのできる教授たちのフランス（もっとも、この種の人間は姿を消しつつあり、大部分が特赦を受けているか、さもなくばアルジェリアかギニアに移り住んでいる）があったとはいえ、どちらの側の人間も、映画館で土地の子供たちと並んで最前列に坐ったり、踵のつぶれた靴をはき、髭も剃らず、だらしのない恰好で、怠け者のように街をうろつくことは許そうとしなかった。ときどき本やレコードを貸し合ったり、まれにカフェ・ド・ラ・レジャンスで議論することもあったが、それがすべてだった。真心のこもった招待とか、堅い友情などは考えられもしなかった。それはスファックスには芽生えないものなのだ。人びとは広すぎる家のなかで、身をひそめるようにして暮らしていた。

その他の人びと、スファックス＝ガフサ燐鉱や石油会社のフランス人社員や、イスラム教徒、ユダヤ人、チュニジア生まれのフランス人などとの関係はもっとひどく、彼らとの交際はまったく不可能だった。二人はまるまる一週間も、誰とも口をきかずに過ごすこともあった。

やがて、彼らの魂はまるで死んでしまったように見えた。時はまどろみながら流れていった。いつもの時期おくれの新聞以外、もはや彼らを現実世界に結びつけるものはなく、その新聞さえ、まことしやかな嘘か、過去の生活の思い出か、別の世界の映像にすぎないのではないかと思われた。随分前からスファックスで暮らしていたような気がするし、これからもずっとここで暮らしていくだろう。彼らにはもう何の計画もなく、待ちきれぬほどの望みもなかった。何ひとつ待ってはいなかった、いつもはるか彼方にあるヴァカンスも、故国フランスへ帰る日さえ。

喜びも悲しみも、倦怠さえも感じなくなったが、ときどき、一体自分たちはまだ存在しているのだろうか、本当に存在しているのだろうか、と自問することはあった。絶望的なこの問いから、格別満足できる答えを引き出すことはできなかったが、ただ、ときどき、何とはなく、漠然と、こんな生活も結構自分たちにふさわしいもの、いや逆説的にいえばむしろ必要なものですらあると思われることもあった。二人は空虚のただなか、真っ直ぐな街路と黄色い砂と潟と灰色の棕櫚《しゅろ》の無人地帯に住んでいるのだ。それは彼らの理解できない、また理解しようとも思わない世界だった。彼らはいままで、いつかある風景に、風土に、生活様式に順応し、それに則って変化しなければならないと思ったこともなかったのだ。シルヴィは一瞬たりとも教授らしかったことはなく、街をぶらついているジェロームはまるで英国製の靴の底に自分の祖国を、というよりむしろ自分の町を、自分の巣、自分のなわばりを引きずっているかのようだった。二人が居を定めたラルビ＝ザルーク通りには、キャトルファージュ通りの名所であった回教寺院すらなく、その上、スファックスの町には、ときにどんなに考えてみても、マクマオン映画館も、ハリーズ・バーも、バルザールも、コントルスカルプ広場も、プレイエル・ホールも、「六月の夜のセーヌ河岸」も存在しなかった。しかしこの空虚のなかで、というよりまさしくこの空虚の故にこそ、このあらゆるものの不在、根源的な空無、中立地帯、タブラ・ラサの故にこそ、彼らは浄化され、より大いなる簡素さと真の慎ましさを取り戻すようにも思えてくるのだった。たしかに、チュニジア全体の貧困のなかにあっては、二人の貧しさ、シャワーや車や冷たい飲み物などに慣れた文明人としての彼らの不如意な暮らしなど、もはや大した意味はなかった。

シルヴィは授業をし、生徒たちに質問をし、答案を採点した。ジェロームは市立図書館に通い、手当たり次第に、ボルヘスやトロワイヤや、ゼラファ(1)などを読んだ。二人は小さなレストランのほとんど毎日同じテーブルで、ほとんど毎日同じもの——ツナ入りのサラダと仔牛のフライか、串焼きの肉か、あるいは舌平目の空揚げ、そして果物——を食べた。カフェのラ・レジャンスへいつも冷たい水のついてくるエクスプレス・コーヒーを飲みに行った。新聞を手当たり次第に読み、映画を見、街をぶらついた。

二人の生活は、いわば長すぎる習慣、のどかとも言えるほどの倦怠、つまりは平穏無事な生活であった。

(1) 一九一八年チュニス生まれの小説家、批評家。

四月に入ってから、二人はときどき小旅行を試みた。三、四日暇で、金にもあまり困っていないときには、自動車を借りて南の方へ向かった。あるいは、土曜の夕方六時に、乗合タクシーを利用して、スースかチュニスへ行き、月曜の昼ごろ帰ってきた。

彼らはスファックスの陰気で空虚な町を脱出し、開けた展望、遠い地平線、神さびた廃墟のなかに、何か目を眩ませ、心を揺り動かすようなもの、索莫たる日々を償ってくれる、何か心を浮き立たせるような華麗なものを見つけ出そうとした。宮殿や寺院や劇場の跡や、高い峰から眺められた青々としたオアシス、水平線いっぱいに半円型に拡がる細かな砂の長い浜辺などが、ときどき彼らの探索の労に報いてくれた。しかし、たいていは、スファックスを発ち、何十キロ、何百キロとやってきても、同じように陰気な町並、同じように得体の知れない雑踏する市場、同じ潟、同じ汚い棕櫚《しゅろ》の木、同じ不毛の地を見出すばかりであった。

彼らはガベス、トズール、ネフタ、ガフサ、メトラウィを訪れ、スベイトラ、カスリーヌ、テレプトの廃墟を見物した。マハレス、ムラレス、マトマタ、メデニーヌといった、かつて二人がうっとりする思いでその名を聞いたことのある町々も通った。みんな死んだような町であった。彼らはさらに足を延ばして、リビア国境までも行ってみた。

それは何十キロにもわたる、人の住めない、石ころだらけの灰色の土地だった。茎の尖った、黄色っぽい、疎らな雑草以外何も生えていなかった。二人は朦々たる土煙のなかを、古い轍《わだち》か、半ば消えかかったタイヤの跡で辛うじてそれと見分けることのできる道路に沿って、何時間も車を走らせたような気がした。地平線に見えるものといえば、灰色がかったなだらかな丘の連なりばかり。ときどき、驢馬《ろば》の骸骨や、錆びたブリキ罐や、もとは家だったらしい石の堆積が半ば崩れ落ちているのに出会う以外、まったく何ものにも出会わなかった。

あるいはまた、標柱は光っているものの、穴だらけで、ところどころ危険な個所のある道路に沿って、広大な鹹湖《かんこ》を渡ったこともあった。道の両側は見渡す限り陽光の下に輝く白っぽい表皮に覆われ、それはときどき地平線に、まるで蜃気楼のような砕ける波、銃眼のある城壁のような束の間の煌《きらめ》きを出現させた。二人は車をとめて、何歩か歩いてみた。塩の表皮の下で、ときどき薄茶色の乾いてひび割れた粘土の層が窪むと代わってねばっこい黒ずんだ泥土の地層が現われ、そこに足がずふずぶとめり込むのだった。

毛の脱けた駱駝《らくだ》が、足枷《あしかせ》に身動きもままならず、頭を大きく振って幹の奇妙にねじれた木の葉をむしり取り、まぬけた下唇を道に突き出している。それから、ひとっところをぐるぐる走りまわっている疥癬《かいせん》にかかった野良犬、長い黒毛の山羊、崩れた空積みの石壁、つぎのあたった古毛布でできた低いテント、それらが村や町の前触れだった。町に入ると、正面の薄汚れた白い四角な平家が長々と続き、回教寺院の四角い尖塔と円屋根が見えた。驢馬《ろば》をつれてちょこちょこ歩いている百姓を追い越し、その町で唯一つの宿屋の前で車をとめた。

三人の男が壁の下にうずくまって、パンをオリーブ油で湿しては食べていた。子供たちが走って通りすぎる。黒や紫の目まで覆ったチャドルにすっぽり包まれた女が、ときおり一軒の家から現われたかと思うと滑るように別の家に消える。二軒あるカフェのテラスが大きく通りへ張り出していた。ラウド・スピーカーがアラブ音楽を流している。甲高い抑揚をつけてソロとコーラスで蜿蜒《えんえん》と反復される歌。鋭い笛の音の単調な繰り返し。耳をつんざかんばかりのタンバリンとツィターの音。数人の男が木陰に坐って、小さなコップでお茶を飲みながらドミノに興じていた。

巨大な貯水槽のそばを通り、歩きにくい道をようやく廃墟に辿り着いた。七メートルもの高さの円柱が四本、上にはもう何ものせてはいなかった。家々は崩れ落ち、間取りだけが昔のままで、地面より一段低いところにある各部屋にはわずかにタイルの床が残っていた。それから、ところどころ欠けている円形劇場の階段座席、地下室、あるいは石畳の街路、下水の跡など。そしてガイドを自称する男たちが、小さな銀製の魚や、緑青のふいた貨幣や、テラコッタの小像を彼らに売りつけようとした。

出発する前に、ヨーロッパ風の市場とアラブの市場に行ってみた。迷路のように入り組んだアーケードや袋小路や通路のあちこちで二人は道に迷った。山と積まれた素焼きの冷水壷の横で、理髪師が髭を剃っていた。驢馬《ろば》が赤唐辛子粉のつまった円錐形の編縄の籠を二つ背につけて立っていた。金銀細工の市や織物の市では、商人が重ねた毛布の上に素足であぐらをかき、絨毯の毛足の長いのや短いのを前に拡げて、赤い毛のアラビア外套や、毛や絹のチャドル、銀の刺繍を施した革の鞍、銅の打ち出し皿、木工細工、武器、楽器、細々した宝石類、金の縫いとりをしたショール、大きな唐草模様の犢皮紙《とくひし》などを彼らにすすめた。

二人は何も買わなかった。たぶん一つには買い方がわからなかったのと、値切らなければならないのが嫌だったせいもあるが、もともとそんなに欲しいとも思わなかった。いかに贅をつくしたものでも、どれひとつ大して値打ちがあるようには思われなかったのだ。面白がったり、つまらないと思ったりしながら、二人は市場を通り抜けたが、彼らの目にしたものは、結局、よそのもの、別の世界のもの、彼らとは何の関わりもないものばかりだった。こうして彼らがこれらの旅から持ち帰ったものは、空虚と枯渇のイメージだけだった。荒蓼とした原野、ステップ、潟、草木一本生えない鉱物質の世界。それはとりもなおさず、彼ら自身の孤独と不毛の世界であった。

しかし、彼らがある日、自分たちの夢の家、この世で一番すてきな住居を見たのは、このチュニジアにおいてであった。それはハマメットにある初老のイギリス人夫妻の邸宅で、この夫妻はチュニジアとフィレンツェの間を往き来して暮らしていたが、二人っきりの生活に退屈して死んでしまわないためにも、お客を招《よ》ぶのを何よりの楽しみにしている様子だった。ジェロームとシルヴィが招ばれて行ったときにも、他に十二人ほどの客があった。雰囲気は軽薄で、しばしば苛立たしくさえあった。ブリッジやカナスタ(1)などのちょっとした室内遊戯の合間に少しきざな会話が交わされ、ヨーロッパの首都から直接伝わってくるかなり新しいゴシップに、いかにも消息に通じた風の、しばしば断定的な註釈が加えられた(私はあの人が大好きですよ。第一、彼のしていることはとっても立派なことだし……)。

しかし、屋敷はまさに地上の楽園だった。ゆるやかな傾斜で細かい砂の浜辺に延びている大庭園の中央に、この地方特有の様式のわりと小さな古い平家があり、その周囲に、大きさも様式もさまざまな、例えばあずまやや、回教寺院や、バンガロー風のヴェランダをめぐらした離れ屋が毎年つぎつぎと建て増されて、さながら太陽をとりまく星座のように庭中に散在し、それぞれ透かし格子の回廊でつながれていた。ある大広間は八角形で、小さなどドアが一つと細長い明かり取りが二つある以外はどこにも窓がなく、厚い壁は一面本で覆われて墓のように薄暗くひんやりしていた。また、僧房のように石灰で白く塗られ、家具はサハラ風の肱掛け椅子二脚と低いテーブルだけといった小さな部屋や、あるいは、厚い花茣蓙《ござ》を敷きつめた、細長く天井の低い部屋、壁にはめ込みにした腰掛けや両袖に長椅子を向かい合わせに置いた堂々たる暖炉でイギリス風にしつらえた部屋などがあった。庭にはレモンやオレンジやアーモンドの木が生い茂り、その間を円柱の破片や古美術品で縁どられた大理石の小径が縫っていた。あちこちに小川が流れ、滝が落ち、石や貝殻で岩窟が築かれ、池は一面白い大きな睡蓮の花で覆われ、その間を魚がときどき銀色の筋を光らせて泳いでいた。放し飼いの孔雀が彼らの夢のなかでのように、気ままな散策を楽しみ、薔薇の花の絡んだアーケードの向こうには、緑の灌木の茂みがあった。

しかし、おそらくはもう遅すぎた。ハマメットで過ごした三日間も二人の無気力を追い払うことはできなかった。あの奢侈《しゃし》も、安楽も、目の前に差し出されたおびただしい品々も、目を奪うばかりの疑いようのない美もいまはもう彼らには何の関係もないように思わ

（1）　南米起源のトランプ遊びの一種。

れた。以前なら、浴室の化粧タイルや、庭の噴水や、玄関の広間に敷くスコットランド製のモケット、樫材の本箱、陶器、壺、絨毯のためとあらば、地獄に堕ちるのも厭《いと》わなかったであろう。だが、いまはただ一つの思い出として敬意を表するだけだった。こうしたものに無感覚になったわけではない。それらに何の価値があるのかわからなくなっていたのだ。価値の規準なるものが彼らにはなかったのだ。二人にとって一番たやすく身を落ち着けられるのはおそらくこのチュニジア、すばらしい遺跡や快適な気候、絵のように色彩豊かな生活に恵まれたこのコスモポリタンなチュニジアであったであろう。二人がかつて夢みたのは、おそらくこんな生活だった。だが、彼らはいまやスファックスの田舎者、流謫《るたく》者になり果てたのだった。

思い出も記憶もない世界。時はさらに流れた、意味のない索莫とした日々が。彼らはもう欲望ひとつ感じなかった。何の興味も呼び起こさない世界。汽車が着く。船が港に入り、工作機械や薬やボール・ベアリングが荷揚げされ、燐酸石灰とオリーブ油が積み込まれる。麦藁を積んだトラクターが町を抜け、飢餓に苦しむ南部へ向かう。二人の生活は変哲もなく続く。授業、カフェ・ド・ラ・レジャンスでのエクスプレス・コーヒー、夜の旧い映画、新聞、クロスワード・パズル。二人はまるで夢遊病者だった。何が欲しいのかももうわからなかった。彼らは一切を失っていた。

いまになってみると、かつて——このかつては日毎に時間のなかを後退し、まるで彼らのこれまでの生活が伝説か架空の世界、混沌の世界へもんどり打って落ちていくかのようだった——かつては少なくとも持つことへの激しい欲求があったように思われた。この欲求こそ、しばしば彼らの生きる理由でもあったのだ。彼らは自分たちがつねに前向きに身を構え、堪え性がなく、欲望に食いつくされているのを感じていた。

そして、それから？　一体何をしたのだろう？　何が起きたのだろう？

何かおだやかで静かな悲劇にも似たものが二人の弛緩した生活のなかに根を下ろした。彼らは遠い昔の夢の残骸のなか、形のない廃墟のなかで道に迷ってしまったのだ。

何も残ってはいなかった。六年の間、彼らの生活が描いてきたこの曖昧な軌道の行きつくところ、彼らをどこぞへ導きもせず、彼らに何も教えなかったこの優柔不断な探究の果てで、彼らはいま精根つきていたのだった。

エピローグ

万事こんな調子の生活を続けて、二人は一生そこにとどまることもできたであろう。ジェロームもやがて職につき、金銭に不自由することもなくなったかもしれない。待望のチュニスへ首尾よく転任する、新しい友だちができる、車を買う、マルサか、シディ・ブゥ・サイド、あるいはエル・マンザにすてきな別荘や広い庭園を手に入れることもまたおそらくできたであろう。

だが、おのれの歴史から逃げ出すことは、彼らにとってそれほど容易なことではない。時がまたしても、彼らに代わって働くだろう。やがて学年末が来て、暑さが心地よいものになる。ジェロームは一日中海岸で過ごし、シルヴィも授業を終えると追っかけてくる。学年末の最後の試験。夏休みがもうすぐそこに感じられる。するとしきりにパリが、セーヌ河畔の春や、中庭の満開の木、シャンゼリゼ、ヴォージュ広場が恋しく、かつてあれほど愛した自由が、朝寝坊が、蠟燭の火の下での食事が遣《や》る瀬なく思い出されるだろう。昔の仲間たちが夏休みの計画を知らせてくるだろう。トゥレーヌの大きな屋敷、豪勢な食事、ピクニック。

——帰ろうか、と一人が言う。

——昔のように、幸せがいっぱいよ、きっと、ともう一人が答えるだろう。

二人は荷物をまとめるだろう。本や版画や仲間の写真を片付け、おびただしい反古《ほご》紙を捨て、まわりの者に家具や粗削りの棚板や、十二個の穴のあいたブロックを分け与え、トランクを発送するだろう。そしてあと何日、あと何時間、あと何分と、出発の時刻を指折り数えるだろう。

スファックスの最後の数時間、二人は重々しい足どりでいつものコースを散歩するだろう。中央市場を抜け、港に沿って少し歩き、日に干してある大きな海綿をいつものように感心して眺め、イタリア人の豚肉屋の前、オリヴィエ・ホテルや市立図書館の前を通るだろう。それからブールギバ通りを引き返し、醜悪なカテドラルに沿って工業高校前に出、校門の前を行ったり来たりしている学監のミシュリ氏にいつものもの、しかし最後の挨拶をし、そこからヴィクトル＝ユゴー通りに折れて、行きつけのレストランやギリシャ正教会の前をこれも最後に通るだろう。それからカスバの門をくぐってアラブ人街に入り、バブ・ジェディド通り、ついで太守《ベイ》通りを抜け、バブ・ディワン門から外に出て、ヘディ＝シャケール通りのアーケードに至り、劇場と二軒の映画館と銀行の前を通り、カフェ・ド・ラ・レジャンスで最後のコーヒーを飲み、そして最後のタバコと最後の新聞を買うだろう。

二分後、二人は出発間際の乗合タクシー、プジョー403に乗り込むだろう。荷物はだいぶ前から屋根にくくりつけてある。彼らはお金と、船と汽車の切符、チッキの預かり証を胸にしかと抱きしめる。

車はゆっくりと動き出すだろう。初夏の午後五時半、スファックスは本当に美しい町だ。太陽の下で純白の建物が煌《きらめ》き、アラブ人街の塔と銃眼のついた城壁が誇らかに聳え立つ。赤と白の制服を着たボーイスカウトの少年たちが、歩調を揃えて行進している。赤地に白の三日月を浮かしたチュニジアの国旗と、緑と赤のアルジェリアの国旗がそよ風に翻える。

紺碧の海、大きな何かの工事現場、驢馬《ろば》や子供や自転車で溢れんばかりの城外に果てしなく続く家並、その先にまた果てしなく拡がるオリーブ畑。それから国道に出る。サキエト＝エス＝ジット、エル・ジェムとその円形劇場、盗賊の町ムサケン、スサと人家の密集したその海岸通り、アンフィダヴィルとその広大なオリーブ畑、カフェと果物屋と瀬戸物屋の町ビル・ブゥ・レクバ、グロンバリア、丘の頂までぶどう畑の拡がるポタンヴィル、ハマム・リフ、それからしばらく高速道路を走って、石鹸やセメントの工場地帯を抜けると、もうチュニスだ。

二人はカルタゴの遺跡のまっただなかや、ラ・マルサで海水浴をするだろう。ウチカ、ケリビア、ナブール、グレットの町々も訪れ、ナブールでは陶器を買い、グレットでは夜おそく珍味の鯛を食べるだろう。

それからある朝、六時に港へ行く。うんざりするほど長ったらしい乗船手続きを終え、二人は甲板にやっとのことで場所を見つけ、持参の長椅子を据えるだろう。
航海は平穏無事。マルセイユに着くと、二人はカフェ・オ・レとクロワッサンを取り、前日の『ル・モンド』(1)とけさの『リベラシオン』(2)を買うだろう。汽車のなかでは、車輪の音が勝利の歌、『救世主のハレルヤ』、凱旋の頌歌にリズムをつけてくれるだろう。二人はあと何百キロ、何十キロと距離を数えながら、広大な小麦畑や緑の森、牧場、小さな渓谷と窓外に展開するフランスの田園風景に恍惚となるだろう。

夜の十一時に到着。仲間たちが全員出迎えてくれ、二人の生き生きとした色艶にうっとりとするだろう。二人は大きな麦藁帽をかぶり、まるで大旅行家のようにすっかり陽焼けしている。彼らはスファックスや、砂漠や、すばらしい遺跡群、安い物価、紺碧の海を語るだろう。みんなにハリーズ・バーに引っぱって行かれ、たちまち酔っぱらってしまう。

(1) 夕刊紙。
(2) 朝刊紙。

二人は幸福感に浸るだろう。

こうして二人はまたパリ生活に戻るが、それは以前よりいっそうひどいものになるだろう。彼らはキャトルファージュ通りやあの美しい木、天井の低い、赤いカーテンの窓と緑のカーテンの窓のある小さなかわいいアパート、よき古き本、新聞の山、狭いベッド、ちっぽけな台所、相変わらずの乱雑さをふたたび見出すだろう。

再会したパリは、二人をまったくのお祭り気分にするだろう。彼らはセーヌの河岸や、パレ＝ロワイヤル公園、サン＝ジェルマンの横町を散策する。そして毎晩、明るい夜の街をぶらつくと、ショー・ウィンドーというショー・ウィンドーがふたたび彼らを魅惑するだろう。陳列台は押しつぶされんばかりに食料品を積み上げている。二人はデパートの雑踏にもまれ、絹のスカーフやネッカチーフの山に手を突っ込み、ずんぐりした香水壜を撫で、ネクタイをさするだろう。

二人は以前のような生活をしようとして、かつての広告代理店とまた接触するだろう。だが、パリの生活はもう魅力を失っている。ふたたび、二人は窒息しそうになる。アパートの小ささ、部屋の狭さにくたばってしまいそうな気がするだろう。

二人はまた金持ちになる夢を見はじめる。ふくらんだ札入れが落ちてはいないか、紙幣や百フラン硬貨一枚、いや、せめて地下鉄の切符一枚でも、と思いながら、側溝のなかまで目を光らすようになるだろう。

彼らは田舎に逃げ出すことを夢みるだろう。スファックスを夢のように思い出すだろう。

彼らはこんな生活にいつまでも堪えることはできないだろう。

そこで、二人はついにある日——その日の来ることは前からわかっていなかったろうか?——人並みにこんな生活にはもうここではっきりけりをつけようと決心するだろう。急遽助けを求められた友人たちは、彼らのために仕事を探し、あちこちの広告代理店に推薦してくれる。二人は期待をこめて、慎重に吟味された履歴書を書く。きっと彼らにも運が——だが、それは本当の幸運とはいえない——向いてくるだろう。これまでの経歴が、その変則さにもかかわらず特別の注意を引いて、彼らは呼び出しを受ける。向こうの気に入るような言葉も、きっとうまく見つけることができるだろう。

こうして尻の据わらない暮らしを数年続けた後、金欠病に疲れ、金を計算しては計算したことを後悔するのにうんざりして、ジェロームとシルヴィは――おそらく心で感謝しながら――ある広告業界の大立物が二人に提供しようという、比較的高いと思われる給料のついた責任あるポストを二つ引き受けるだろう。

二人はボルドーへ、ある広告代理店の責任者として赴任するだろう。彼らは入念に出発の準備をする。アパートのなかを片付け、壁を塗りかえ、部屋をいつも塞いでいて、その下でよく窒息しそうな気がした本や下着や食器の山を始末する。それから見違えるように広くきれいになったこの二部屋のアパートのなかを、ここでは何もできやしない、第一歩きまわることさえできない、とあんなにこぼしていたアパートのなかを思わず歩きまわる。そしてはじめて、自分たちのアパートが、いつも望んでいたように、ついに壁も塗りかえられて白く清潔に輝き、塵ひとつなければ、しみも、ひびも、裂け目もないようになっているのを見るだろう。低い天井、田園風の中庭、見事な立ち木。やがて新しい所有者が、かつての彼らと同じように、その木の前でうっとりとするだろう。

本は古本屋に、衣類は古着屋に売り、代わりを新調するために仕立屋やワイシャツ屋を熱心に見て歩く。それから彼らはトランクを荷造りするだろう。

これでは本当に金持ちになることはできないだろう。彼らは社長になれるわけではない。他人の何億という金を動かすだけだ。ただ、地位相応の生活ができるように、絹のワイシャツや猪皮の手袋が買えるようにといくらかのお裾分けには与るだろう。だから、彼らも見た目には恰好よく映るだろう。いい家に住み、うまい食事をし、立派な身なりができる。何を後悔することがあろう。

欲しかったチェスターフィールドの長椅子も、イタリアの車のシートのように上品で柔らかな本革の肱掛け椅子も、民芸風のテーブルも、譜面台も、モケットも、絹の敷物も、明るい色の樫材の本箱も、二人はみんな手に入れるだろう。

彼らはまた、がらんとした広く明るい部屋や、ゆったりした廊下、ガラスの壁、遮るもののない眺望を持ったアパートに住み、陶器や、銀のナイフやフォーク、レースのテーブル・クロース、赤革で装釘された豪華本などを買い揃えるだろう。

二人はまだ三十にもなっていないだろう。前途は洋々だ。

二人は九月はじめにパリを離れるだろう。一等車にはほとんど他に人がいない。汽車はみるまに速度を上げ、アルミニウムの車体がしなやかに揺れるだろう。

二人は出発する。すべてを捨てて逃げ去る。何ものも彼らを引きとめることはできないだろう。

「覚えているかい?」とジェロームは言うだろう。そして二人は昔のこと、暗い日々、自分たちの青春、はじめての出会い、はじめてのアンケート調査、キャトルファージュ通りの中庭の木、去って行った友、仲間同士の和気藹藹《あいあい》たる食事のことなどを回想するだろう。タバコを求めてパリ中を歩いたり、古美術店の前に立ちどまったりしている自分たちの姿を思い浮かべる。スファックスのころの日々の生活、そこでの彼らの緩慢な死、そしてまるで凱旋兵士のようなパリへの帰還を思い起こすだろう。

「これでうまくけりがついたわ」とシルヴィが言うだろう。そしてそれが二人には、まるであたりまえのように思われるだろう。

軽やかな服を着て、二人はすっかりくつろいだ気分だ。空いた車室にゆったりと坐る。フランスの田園風景が飛ぶように過ぎていく。豊かに実った広々とした小麦畑や、高圧線用の鉄塔のむき出しの骨組みを彼らは黙って眺めるだろう。製粉所や瀟洒な工場、広大な夏休みのキャンプ場、ダム、林間の空地にぽつんと建っている小さな家を見送るだろう。白い道路を子供たちが走っている。

旅はずっと快適に続くだろう。昼ごろ、のんびりした足どりで食堂車に向かう。二人は窓際に差し向かいに坐る。ウィスキーを二杯注文する。もう一度、なれあいの微笑を浮かべて顔を見合わせる。つやをつけたナプキンやテーブル・クロース、ワゴン＝リ社の紋章入りの銀むくのナイフやフォーク、楯形紋地入りの厚い皿、それらははじまろうとする豪華な祝宴の序曲のよう。だが、運ばれてくる食事は、はっきり言って、ひどくまずい。

「過程も結果と同じく真理に属する。真理の探究はそれ自身真なるものでなければならない。真なる探究とは展開された真理であり、それを構成している各部分は結果のなかに集約されているのである。[1]」

カール・マルクス

（1）「プロイセンの最新の検閲訓令に対する見解」（『マルクス・エンゲルス全集』第一巻八頁）。

営庭の
奥にある
クロムめっきのハンドルの
小さなバイクって
何？

文豪諸家から
拝借した
美しい詩句で
綾どられた
散文叙事詩の
物語

（1）（2）

『どうすれば
友人たちの力に
なれるか』
の著者作

（諸軍事アカデミー受賞作品）

（1）文化功労勲章。
（2）軍功十字勲章。

Ｌ・Ｇに捧ぐ

その輝かしき武勲の記念に

（ホント、ホント）

奴さん、名前はカラマンリスとか何とかいった。いや、カラヴァだったかな？ それともカラヴァッシュ？ カラクーヴェ[1]？ とにかくカラナントカだ。いずれにしろ、風変わりで印象的な、容易に忘れられない名前だった。

彼はエコール・ド・パリに属するアルメニアの抽象画家か、ブルガリアのプロレスラーか、マケドニアの名士[2]か、ともかくそのあたりの人間、バルカン人、ヨグルファージュ人、

（1） ヴォ（仔牛）、ヴァッシュ（牡牛）、クーヴェ（雛）は、ラ・フォンテーヌ『寓話』中の「乳しぼりの女と牛乳壺」（巻の七―9）の次の一句のパロディ。「仔牛、牡牛、豚、雛、みんなフイになる。」

（2） 名士（grosse légume）の légume（野菜）に野菜のごった煮を意味する Macédoine（マケドニア）をひっかけた作者特有の洒落。

スラヴォフィル人、[1]あるいはトルコ人だったかもしれない。

だが、目下のところは紛うかたないただの一兵卒、十四カ月前からヴァンセンヌの輜重《しちょう》連隊にいる二等兵だった。

彼の仲間に、外ならぬぼくらの親友、アンリ・ポラックがいた。ポラック軍曹はアルジェリア行きも海外領土行きも免れ(その身の上は聞くも涙の物語。可哀そうに、生まれてたったの十四週目に大都会の敷石の上に捨てられた、幼いころからの孤児、罪のない犠牲者なのだ)、いまパリで二重生活を送っていた。日のまだ高いうちは軍曹の職務に励み、雑役当番兵を叱咤《しった》し、便所の扉に矢に射ぬかれたハートの図や清潔を呼びかける標語を彫りつけた。だが、夕刻六時半の鐘が鳴るや、バタバタと排気音をまき散らす小型のバイク(クロムめっきのハンドルの)に跨り、飛ぶようにして生まれ故郷のモンパルナスに(彼はモンパルナスで生まれたのだ)、恋人やねぐらやぼくら仲間、それに彼の大事な本が待っているモンパルナスに帰ってきた。それから早速、颯爽たる若者に身変し、緑に赤縞のジャケツ、よじれたズボン、いかにも不細工などた靴という地味で小ざっぱりした恰好で、カフェのぼくらのところにやってくると、食べものや映画や哲学の話に花を咲かせるのだった。

朝になると、ポラック・アンリ[2]はまたカーキ色のワイシャツ、カーキ色のズボン、カーキ色の略帽、カーキ色のネクタイ、カーキ色の上衣、ベージュ色のレインコートに栗色の靴という兵隊姿に戻り、バタバタのバイク（クロムめっきのハンドルの）に跨り、大事な本も、ぼくら仲間も、ねぐらも恋人も、生まれ故郷のモンパルナス（なぜって、彼はそこで生まれたのだ）も打ち捨てて、重たい心で同じ道をヴァンセンヌの新要塞に帰ってくるのだった。そしてそこには、クソいまいましい軍務がすでに四百七十一日間も彼に強い、これからさらに（だが先のことは考えるのをよそう）三百七十と九日間も強いることになる相も変わらぬ辛い一日が待っていた。

ポラック・アンリは口をギュッと結び、姿勢を正し、顎を突き出して、大三色旗と衛兵所の前を通り、中隊長の前で敬礼、小隊長に敬礼、准尉代理勤務曹長補佐に敬礼……せず（彼と喧嘩した日以来、敬礼するより道を変えることにしていた）、それから兵隊たち、善

（1）それぞれ「ヨーグルト喰い」「スラヴびいき」を意味する作者得意の造語。

（2）軍隊では苗字と名前が逆になる。

良なカラショフ、善良なファランパン、ヴァン・オストラック（こいつはいけ好かない人種差別主義者だ）、それにみんなから「ブリーズ・グラース」(1)と愛称されているちびのラヴェリエールらが鳥の鳴き声をあげて彼に挨拶した。彼ポラック・アンリは隊ではなかなかの人気者だった。

それから軍務の辛い一日がはじまる。報告、点呼、再点呼、固まった豌豆《えんどう》のピュレ、生ぬるいビール、ぶどう酒の小瓶、雑役、無駄な時間、基礎教練、馴れた足さばきではげた芝生に蹴り上げる錆びた空罐、タバコ、タバコや葉巻の吸殻。

しかし、いかめしいアポロンはなかなか天頂に達せず、時はまるで砂岩の粉末を満たした砂時計のように流れようとはしなかった（読者諸氏はおそらくこのイメージの平板さを不満に思われようが、ここはひとつその地質学的な正当さを買っていただきたい）。

そして待ちに待った六時三十分。われらの仲間アンリ・ポラックは、もちろん衛兵勤務にも消防班勤務にもついておらず、禁足も懲罰も喰っていなければの話だが、カラビノヴィッチやファランパン、いけ好かない人種差別主義者のヴァン・オストラック、そしてちびのラヴェリエール（みんなから「ブリーズ・グラース」と愛称されている）らのだらけた手と握手を交わし、カーキ色の上衣の左ポケットにちゃんと週番士官のスタンプの捺《お》してある夜間外出許可証をねじ込み、バタバタのバイク（クロムめっきのハンドルの）に跨り、当直中尉、賄い係将校、庶務係准尉、内務班長、週番軍曹、当直伍長、そして動物の鳴き声ではやしたてる衛兵たち（アンリ・ポラックは少しも偉ぶったところのない有能な軍人で、外見はちょっととっつきにくいが心は広く、みんなの敬愛の的だった）に順次規則に従って挨拶し、ライオンが水飲みにいくころのミネルヴァの鳥さながら、物思わし気な目付きのはいたかのような素早さで、自分を生んでくれたモンパルナス、恋人やねぐらやぼくら仲間、大事な本が待っているモンパルナスに帰ってくると、忌まわしい軍服をかなぐり捨てて、瞬く間に一目瞭然たる娑婆の人間に早変わり。上半身にはゆったりとカシミアのジャンパー、脚にはぴっちりしたジーンズとわざと時代色をつけたぴったりのモカシン靴といういでたちで、向かいのカフェのわれわれ仲間のところにやってくる。そして夜おそくまで路加知、江里彫、平下留その他同じ穴の奇人たちについて（ぼくらはそ

（1） 砕氷（船）という意味であるが、要するに凍てついた人間関係を溶かしてくれる心温かい人間の謂《いい》であろう。

のころ、みんな少々頭が変だったから）侃侃諤諤《かんかんがくがく》、自分たちの進歩的な考えを述べ合うのだった。

ああ、なんだかんだいっても、それは兵隊としては、ほんとにいい生活だった！

ところが、あろうことかあるまいことか、ある日一切合財が、ガラガラッと音立ててひっくり返ってしまった。

二時か、二時半だったろう。いや、二時四十五分にもなっていたかもしれない。前記のカラフォンが前記のポラック・アンリ（ぼくらの大の仲よしの一人だって言ったっけ？）に会いにきて、かの高名なる寓話作家の言葉を拝借すれば、およそ次のごとく言えり(1)。

「ぶったまげるようなビッグニュースだ。おれはそれを耳にして、唖然、茫然、愕然、悄然、ほんとに泡をくったよ。何でもやんごとない、いともやんごとない（願わくは御名の尊まれんことを！）司令部が決めたらしいんだな、突然の思いつきか、はたまた長い熟

（1）ラ・フォンテーヌ『寓話』巻の一—2「鴉と狐」。

慮の末かしかとはわからないが、ともかくやんごとない司令部が、わが国の輝ける歴史がフランス領としたあのアフリカの貴い丘、それを今度血でうるおしに行く奴をおれたちのなかから選抜するというひでえ仕事を、人事課長の大尉殿に命じることに決めたらしいんだ。わが家が五代にわたって誇りと威厳をもって冠してきた、そしていささかの汚点もなくおれに引き渡してくれたこの名前が、その名簿に載ってないとは限らない。いや、たぶん載っていると思うんだよ」

こう言って、ついてないカラプラスムは子供のようによよと泣き出した。

「まあ、いいから、いいから」とぼくらの仲間ポラック・アンリ軍曹は茶化して言ったが、心のなかでは、ああ、なぜおれはいまこんなところにいるんだろう、どこか、例えば自分の生まれた生まれ故郷のモンパルナス、可愛いあの娘《こ》やぼくら仲間もいれば、設備のわるい貸間や、一番の親友（一番の親友とはこのぼくのことだ）から卑劣にもだまし取ったオスカール製の本箱もあるモンパルナスにでもいたらよかったのに、と思っていた。

「戦争が好きになれるかってんだ」と相手の冷やかしも一向に通ぜず、カラマニョールは続けた。「殺し合いはやめるべきだ。おれは戦争なんて大嫌いなんだ。戦いになんか行くものか。アルジェリアになんか行くものか。惚れたあの娘《こ》の住むパリを離れたくないんだ。この強く大きな腕に、あの娘《こ》をギュッと抱きしめていたいんだ」

「おいおい、このおれにどうしろっていうんだ」と剽軽《ひょうきん》者で哲学者のわれらの友ポラック・アンリ（軍曹）も、このやぶからぼうの熱情にはさすがに面くらって言った。

「友よ、親友よ、尊敬すべき同僚、昔からの相棒、わが同胞、わが仔豚よ、どうかおれを見殺しにしないでくれ、憫《あわれ》みをかけてくれ、助けてくれ！」とカラレロヴィッチは見事な科白《せりふ》回しをやってのけた。

「おいおい、おれにどうしろっていうんだ」とモンパルナスで生を享《う》け、いまそこに可愛いフィアンセや親しい仲間（親しい仲間とはぼくたちのことだ）もいれば、温かいねぐらや製本された揃いの『科学と生活』も持っているモンパルナス生まれの軍曹、われらの友アンリ・ポラックは繰り返した。

「きみのジープを持ち出してくれよ」と相手はケンタウルスのような大きな声(1)をはり上

（1） voix de Centaure. voix de Stentor（ステントールのような大きな声）との語呂合わせ。

げた。「きみのジープを持ち出してくれ」と彼は繰り返した。「そしておれの体を轢いてくれ。足を折ってくれ、もう金輪際人殺しなどに使えないように。それから苦痛と苦悩を引きずって、陸軍病院から陸軍病院へ転々としたい。そうして妖精「回復期」にその魔法の杖で体に触ってもらって、最大限の療養休暇をせしめるんだ。そうなれば、おれはその休暇を過ごすんだ、そうだ、過ごすんだよ、惚れたあの娘《こ》のベッドのなかで。あとは野となれ山となれさ。アルジェリア人たちはきっとわれわれを打ち負かすだろう。いや、たぶん平和条約さえそのときにゃ調印されているかもしれないな」

「何？　何だと？」とわが友ポラック・アンリはこの無茶苦茶な頼みに身をよじらせて笑った。

それから、「ちょっと待ってくれ」とおもむろに自分の考えを弁じはじめた。「ようく考えもしないでばかな真似をするなんて、話にもならん。物事は考えた上にも考えなけりゃ。外の、娑婆の、つまりおれの生まれ故郷のモンパルナスに、おれはそこで生まれたんで、仲間がいる（仲間というのはぼくたちのことだ）。何よりもまず、連中にどう思うか訊いてくるよ」

というわけで、六時半の鐘が鳴るや、ポラック・アンリ軍曹（ついでにここでもう一度、ぼくの永遠の友情を彼に保証しておこう）はバタバタバイク（クロムめっきのハンドルの）に跨り、あちこちに親しみのこもった敬礼や投げ遣りな握手をふりまいて、彼が生まれるのを見た生まれ故郷のモンパルナス、かけがえのない恋人や、小ざっぱりした小部屋、昔からの友人たち、教養人の本箱が待っているモンパルナスに息せききって帰りつき、軍服を脱ぎすてて、シャワーをジャージャー浴びると、活動家スタイル、つまり、外縫いのズックのズボン、オレンジ色の木綿のクルーネック・セーター、仔牛の鞣革《なめしがわ》の襟なしジャンパー、水牛革のサンダルにサングラスという姿になり、手には『オプセルヴァトゥール』『アルギュマン』、それにアルトゥール・シュミルトクナップのオットー・プレミンジャー(1)論の抜刷り（「プレミンジャーの世界像研究」『プロレゴメナ』誌、一九六〇年、二七号、三一二―三八七ページ）を持って、近くのカフェにたむろしているぼくのところへやってきて、一気に次のような話をした。

モンパルナス生まれの彼ポラック（アンリ）軍曹にカラシュメルツなる相棒があり、彼

(1) アメリカの映画監督。他の人名、誌名は架空。

（つまり、カラシュメルツ。しかし、ポラック・アンリにしろ、誰にしろ、みんなこの年ごろでは当たり前のことだが）にはぞっこん惚れた娘がいる。彼（相変わらずカラシュメルツ）は、フランスの将来と暴徒や殺人犯の群れ[1]とを対峙させている戦いに、公然たる、しかし感じのいい無関心を示している。また彼（ふたたびカラシュメルツ）はアルジェリアの山野にふざけに行くよりは、フランスに残って、ぞっこん惚れた娘の腕のなかでのんびり暮らしたいという希望を表明している。それを聞いて彼（つまり、ポラック・アンリ）ははじめての聖体拝領の日のように感動し、自分に何ができるかとたずねた、腹のなかでは秘かに何もできないと思っていたが。すると、彼（カラシュメルツ）は彼（アンリ・ポラック）が自分の足をジープで轢いて片輪にしてくれれば、彼（もちろん、カラシュメルツ）は陸軍病院に入院し、彼（明らかにカラシュメルツ）が長い療養休暇をとっている間に、みんな（つまり、世の中の人一般、特にカラシュメルツやポラック・アンリ、彼らのぞっこん惚れている二人の娘たち、それに御愛想に付け加えれば、ボリス＝ヴィアン通りとテイヤール＝ド＝シャルダン大通りの交叉点で交通整理をしている巡査）は時勢の推移を見守る時間ができ、もしかすれば、平和条約だって調印されているかもしれない、と言い出した。

そこで彼（今度は疑いもなくわれらの相棒アンリ・ポラック自身）は、ちょっと待ってくれ、ばかな真似はしてはならん、と言い、彼（モンパルナスの軍曹、われらの友アンリ・ポラックのことさ）が自分の仲間（自分の仲間とはぼくらのことだ）に話しに行って、彼ら（つまり、ぼくらアンリ・ポラックの仲間）の意見を徴してくることになったっていうわけだ。

こうして、彼はことの一部始終をわれわれに話した後、さて、君たちの意見は？　と尋ねた。

（1）　当時政府当局者はＡ・Ｌ・Ｎ（アルジェリア民族解放軍）をことさらにそう呼びならわしていた。

ところが、正直いって、ぼくらは大したことは考えなかった。片輪になってアルジェリア行きを忌避し、惚れた娘の腕のなかでのんびり暮らしたい、そのうちには平和も来よう、なんていうそいつの虫のいい話を、実はせせら笑っていたのだ。しかし、そうはいっても、親友ポラック・アンリを苦しませたくはないし、彼もおそろしく神妙によく考えてみてくれと頼むし、それに人も知るごとく、考えることは生きることなので（嘘だと思うなら、ベルクソンを読むがいい）、二、三の者が何度も何度も反芻しながら、大した確信もなく、

「ふむ、ふむ！」とか、

「うん、うん」とか言った。

ポラック・アンリの奴、こんな間《あい》の手ぐらいでは不満の体だった。彼の聡明な眼《まなこ》が示す

無言の懇願に心を動かされて、ぼくらは自分たちの意見にもっと変化を与えることにした。

一人の道化者がこんな歌を歌った。

カラショー君はヨーオ
ビョー院に行ってヨーオ
療ヨーとってヨーオ……

だが、他の連中は深刻に、
「こいつは容易なこっちゃねえ」と一人が言い、
「困ったなあ」と二人目がいい、
「どっちかといやぁ、ばかげてるよ」と三人目、
「こん畜生め！」と四人目が言った。
要するにぼくらは、この話にいい感じを持っていなかったのだ。

そしてぼくらは次のような意見にみんなこぞって賛成した。つまり、ポラック・アンリという名で人望を集めている人間が、どこの馬の骨ともわからないような男の片足、あるいは両足を自分のものでもない車のハンドルを握って轢くなんていうのは、たとえあらかじめ相手の正式の同意を得た上のことであっても、あんまり望ましいことでないのは明らかである。なぜなら、

第一に、彼は相手に痛い思い、いや非常に痛い思いをさせるかもしれない。そして、第二に、出征忌避を唯一の目的とする故意の身体損傷、ないし手足切断は、地方官憲によって厳しく懲戒せられる。そしてその場合、進んでそれに承諾を与えた本人はもとより、明らかに彼をそそのかし、あるいは助けてその犯罪計画を実行させた者、あるいはその計画を知りながら当局への通報を怠った者も同罪であるらしい、からだ。

何、何だって！　それじゃ、困っている仲間を見殺しにしようってのか？　自分の上官でしかも友人であるぼくらの親愛な相棒ポラック・アンリに、思いあまって、軽率にも助けを求めたこの男を、ぼくらポラック・アンリの仲間は救うことができないだろうって人に言わせておくのか？　ぼくらの仲間の一人が、ぼくら一同の名において暗々裡に約束し

たことを――おお、忌まわしき軽率さよ！――、ぼくらは守らないと言わせるのか？　フランスのインテリゲンチアは、その屑ども（つまりぼくらだ）によって、またしても過ちを犯すことになるだろうって言わせておくのか？

いや、断じてそんなことは言わせないぞ。

それというのも、ぼくらは崇高な精神をもって、全員一致、次のように決定したからだ。すなわち、カラジョルジュヴィッチの腕を、ある日彼が休暇で外出したときに、みんなしてやんわりと折る。あとは、地下鉄オペラ駅の大階段でバナナの皮を踏んで滑ったと言えばいい。たとえ信じてもらえなくても、隊付き精神病医のところに行けば、しばらくはそっとしておいてくれる。そのうちにはアルジェリア人が弾丸の雨を降らせ、平和条約も調印されていようっていうものだ。

翌日、ふとった指の優しい暁の女神がフォイボスの寝坊助をやっとこさベッドから引っぱり出したころ、(1) ふたたび輜重《しちょう》隊の軍曹殿に変身したポラック・アンリは、ブレーキライニングをオーバーホールしたばかりのバタバタの小型バイクに乗って全速力で環状通りをか

(1)『オデュッセイア』のパロディである。

け下り、相棒のカラヴュルツに吉報を伝えに行った。すなわち、今度町に出てきたら、彼ポラック・アンリとその仲間（その仲間とはぼくらのことだ）がみんなしてやんわりと腕を折ってやる。あとは地下鉄トゥレル駅の自動大飛込み台[1]でバナナの皮を踏んで滑ったと言えばいい。万一疑われても、ことは連隊の精神療法部の管轄となり、しばしは安泰だ。そのうちにはアルジェリアのフランス人はまず女子供から海に投げ込まれ、寡婦たちは故郷に連れ戻され、休戦が成立、平和条約も調印されるさ。

「おお、こりゃいい。すばらしいや」とカラシュトゥムプフ君は雌鶏のような声を出して喜び、ひどく御満悦であった。

（1） plongeoir mécanique. もちろん escalier mécanique（エスカレーター）のことであるが、トゥレル駅には市営プールがあるのでイメージをダブらせたのであろう。

一方、ぼくらポラック・アンリの仲間、娑婆の無冠の人間たちは、その間に準備を開始した。まずポーで医者をしている友人（早速断わっておくが、ポーにいるといっても彼は皮膚科の専門医(1)ではなく、また細君も別に女曲馬師(2)というわけではない）に、遠回しの言葉でちゃんとした手紙を書いた。どこの郵便獄(3)にもスパイを放っているという噂のD・S・T(4)を警戒したのだ。

この手紙でぼくらはこのポーで医者をしている、といって皮膚科の専門医ではなく、ま

（1） dermatologue. つまり皮膚（ポー）科の医者で、これを地名のポーにかけている。
（2） écuyère. これを cuiller à pot（大さじ）に、それをさらに地名のポーにかけている。
（3） les bourreaux de poste. bureaux de poste（郵便局）との語呂合わせ。
（4） 内務省防諜局。

た細君が、女曲馬師でもない友人に、急いで、可及的速やかに、折り返し、大至急、電光石火の効き目があってしかも投薬が簡単な、できうべくんば筋肉注射用の麻酔薬を送ってくれと頼んだ。

そうしてぼくらは考えた、もうしめたもの、ことは簡単だ、と。あとは、と誰かが歌い出した。

見せておくれよ可愛い腕《かいな》
ちょっこら切ってやるかいな。

奴さん、何にも感じない。腕を義理と人情で、もしそれがなければ丈夫な二枚の板切れで挾み、いっきに捻る。奴さん顔をしかめる。そこに安ブランデーをかけ、火をつけて乾かすと、はい、それでおしまい。あとは鹿のような鳴き声をあげながら、兵隊たちがたむろすることで有名な街へ行って、地下鉄ピラミッド駅のほとんど一世紀を経た四十段の階段の高みからバナナの皮に足を滑らせて落ちたと言えばいい。たとえ誰も聞いてくれなくても、ことは旅団の精神分析委員会の管轄となり、委員会はしばらく田舎に休養に行かせてくれるだろう。そうするうちにゃ、叛乱軍はわれわれフランス人を生のまま貪り食らい、取引はうまくかみ合って平和条約も調印されるというものさ。

だが、受け取った返事は、ただ一枚の便箋に、まるで万年筆を斜めに呑み込んでなぐり書きしたような字で、天の授けたもう赤ん坊は大事にせよ、と居丈高に命令するものだった。それでぼくらは真相をぶちまけるための、まさにそれ故にかかり合いになるおそれの十分にある――しかし必要とあれば、責任をとるすべはぼくらも心得ていた――書簡を何度もやりとりしなければならなかった。こうしてようやく、七％速効性が高められたソリュクリヴィーヌ(1)のアンプルが二本、使用法と手書きの注意書きを添えて送られてきた。注意書きはまさに皮肉たっぷりのもので、その言わんとするところは要するに、やんわりと人の腕を折るなんていうのは数人でかかっても生やさしいことではない。骨ばかりではなく、腱も滑液嚢も関節も神経繊維も靱帯《じんたい》も脂肉も赤肉もすべていっぺんに破壊する危険がある、万が一うまくいったとしても、奴さん腕を包帯で吊って原隊に帰り、四十五日間

(1) ソリュトリシン（薬品）と当時戦闘的なコミュニスト学生であったクリヴィーヌとの合成語。

の営倉はまず免れないだろうし、ぼくら上膊破損《ユメロクラスト》の仲間はいつまでも憲兵に尻をつけまわされるに決まっている、というのだった。

「かまうものか！」とぼくらは言い合った。そしてポラック・アンリを通じてカラブームに、ぼくらはほとんどすっかり準備ができていると伝え、カラブームはアンリ・ポラックを通じてぼくらに、彼もほとんどすっかり準備ができていると言ってきた。こうしてみんな、ほとんどすっかり準備ができていたのだった。


　ところが、そのころ、いかなる理由によるのかぼくらには最後までわからなかったが、カラメルは出征しないという事態にあいなった。彼はめえぼに載っていなかったのだ。ファランパン、あの気のいいファランパンは載っていた。ラヴェリエール、「ブリーズ・グラース」と愛称されていたあのちびのラヴェリエールも載っていた。それにヴァン・オストラック、あのいけ好かない人種差別野郎もやはりめえぼに載っていた。カラメルは載っていなかったのだ。

　そういうわけで、彼がアラブ人殺し《アラビシッド》の装備の重みによろめきながら、幌付き軍用トラックに向かって進んで行くことも、カイゼル髭の准尉が彼の装具を検査することも、剽軽《ひょうきん》な中隊長が白手袋をはめた指を分解した豆鉄砲のグリースで光る銃口に差し込み、汚れたその指を引き抜きながら「こりゃ汚い！」となることも、黒人喰鬼《メラノファージュ》、赤人恐怖症《エリトロフォーブ》の連隊長が「カラメルよ、名残り惜しい！」と言いながら、香水臭い両腕に彼を抱きしめることも、ガニ股の老将軍が兵馬倥偬《こうそう》の間に白くなった睫毛に一滴の珠《たま》を光らせながら、フランスも神もお前たち輜重《しちょう》隊のピヨピヨどもを頼りにしておる、（黄）禍に脅かされた西洋文明の聖なる火をお前たちこそが高く掲げるのだ、とまたぞろ一席ぶつことも、一切なかった。

要するに、カラビーヌは出征しなかった。去りゆく仲間たちを見送る彼の気高い顔に、チラリとにこやかな笑みが走った。彼は小ぎれいに片付けられた内務班にひとりっきりになった。もし人あって彼の部屋をのぞいたら、古箒《ふるぼうき》を杖に下手なアントルシャ[1]を踊ったり、あるいは『コンフランとオノリーヌの闘い[2]』の勇壮な曲を口ずさみながら、ザブザブ

（1）跳び上がっている間に踵を打ち合わせるダンスの動作。
（2）パリ近郊の町の名コンフラン＝サン＝トノリーヌとモンテヴェルディのオペラ・オラトリオの題名『タンクレッドとクロリンダの闘い』から作られた架空の曲名。

水を流して床の板石を洗う彼の姿が見られたであろう。

そして、土曜の夜から日曜の朝にかけて、彼は大きな頭を惚れた娘の豊かな金褐色の髪にうずめ、恋の抒情詩をささやくのだった、まるで清らかな恋の太陽は、アルジェリアの暗雲に翳《かげ》ることなど決してないかのように。

だが、ぼくらアンリ・ポラックの仲間は、一言でいえば、ひどくがっかりしていた。畜生、骨折り損のくたびれ儲け、労して功なし、とは正にこのこった。けしからん。裏切りもいいところだ。そうだとも。ポラック・アンリの奴、軍曹もヘチマもあったものではなく、みんなからクソみそに（いや尾籠で失礼）罵られ、愚弄された。

幸いにして、いや不幸にしてかな、そうだ、残念ながら不幸にしてだ、リヨン駅(1)の大時計でふた月たつかたたぬうちに、ふたたびヴァンセンヌの新要塞に大騒動がもち上がった。

（1）　アルジェリア方面行きの出発駅である。

すなわち、留守部隊でヌクヌクと事務をとっていたいけ好かない人事部の兵隊どもが、焔形模様の布張りの大きな名簿を開いて、パーキンソン氏病の宿命を担った細長い指で近々アルジェリアに道化芝居をうちに出かける者の名前をチェックし、一九××年六月のある晴れた朝（名前も日付も公表しないでくれと、ぼくらの友アンリ・P軍曹にくれぐれも頼まれたのだ）、集められた数個中隊の兵隊たちは運命の氏名発表に全身を耳にしたのである。

アガーヴ、アラチエンヌ（エチエンヌ）、アタラ（ルネ）、バデルヌ、ボーシトロン、ビトニョー、ブールボン、ボヴァリー、ブォナパルト（マックス）、ビュルビュリ、カティリーナ、セセディーユ、コリック、コラン＝マイヤール、キュドゥサック、ディエゴ＝シュアレス、ドストイェフシュキー、エパミノンダス、フランシェ・デスペリッド、フナッフ、ガルグイイ、グロール、ギュッス、アルセーヌ、オルゴリグム、オスポダール、イニャス＝イニャス、ジャンフートル、ジョナス、ジュジューブ、ジュッシュウ……

　このとき、気のいいカラディグムはいまにも失神しそうな気がした。彼の名前、カラディグム家が五代半にわたってそれと意識もせずに背負ってき、そしていまや否応なく彼に引き渡されたその名前が、ラリフレット中尉の雌鶏の尻のような口から、しかも読み違えて洩れたとき（間違えられたのは名前ばかりで、残念ながら人間ではなかった。微妙な違いであり、すぐにもこれをさまざまに展開させて、目を回すほど面白い話をお聞かせしたいところだが、時は重大、話を続けねばならない。ああ、文学よ！　連続性に対するお前の聖なる愛が、何とわれわれを苦しめ、悩ますことか！）……

　ところで、どこまで行ったたっけ？　ああそうだ、五代半云々の彼の名前が雌鶏の尻云々の口から洩れたんだったたな。すると気のいいカラチは、思わずうるんだ眼《まなこ》を重々しい顔つきのボラック・アンリの方に向けた。おかげで、例のごとくおとぼけ屋で、爪の先まで軍曹殿の彼から禁足をくらってしまった。気を付けの姿勢をとっているときは、むやみと頭を動かすもんじゃないからな。

それでも、その晩ぼくらはすべてを知った。ポラック・アンリはヴァンセンヌの新要塞から、日に焼かれながら水力タービンとサスペンション付き自転車(1)を痰を吐くような音を立てて時速三万九千八百メートルですっとばし、やさしい雉鳩《きじばと》や、愛情をこめて整頓された屋根裏部屋、親友たち（親友たちとはぼくらのことだ）、長さ七十五センチにも達するプレイヤード版が待っている生まれ故郷のモンパルナスに帰りつくや、事態が事態だけに着替えもせず、カーキ色ずくめの服装でぼくらのところへ飛んできて、熱心にその日の劇的な事件を伝えたのだった。今度は確かだ、カラルベルグは名簿に載っている。奴さん、気が顚倒して、昼めしに手もつけなかった。肉だんごが出たのにだよ。肉だんごってのはうめぇのになあ。要するに、こいつぁ悲劇だな。

ぼくらもこの話にひどく心を動かされ、崇高な精神で立ち上がることに決したのだ。

（1）　作者一流の単なる言葉遊びである。

ここで一休みしたいと思う読者はどうぞ御勝手に。われわれは実際、一流作家たち（例えばジュール・サンドー、ヴィクトル・マルグリット、アンリ・ラヴダン、それに最近作『クリスマスの四旬節』におけるアラン・ロブ＝グリエ[1]を加えてもいい）が自然の節目と呼んでいる[2]ところへ到着したのだから。

（1） すべて実在の作家であるが、ロブ＝グリエの『クリスマスの四旬節』はもちろん架空の作品。
（2） これも作者一流のフィクション。

ちょっとお許し願って、読者諸兄の脳みそがおそらく記憶にとどめている、あるいはとどめているはずの、あるいはとどめているべき話のあらましをもう一度整理させていただこう。

第一に、カラナントカという、だいたいそんな風な名前の男がいて、海の彼方の風向きが変わらぬ限り池中海（この字にはあまり自信がない）に船出することを拒否している。これはしかしながら、われわれのささやかな物語にいささか神秘のヴェールをまとわせようと気を配って、これまであまりはっきりとは言及していない点である。

第二に、気のいい仲間の一団がいる。ぼくもその一員だが、これはマリニャンのように勇ましく、パトスのように逞しく、アルテミス[1]のように抜け目がなく、アルタバンのよう

（1）『三銃士』に登場するダルタニアン、アトス、アラミスのパロディであろう。

に誇り高い[1]一党だ。

第三に、姓をポラック名をアンリという、現在軍曹の位で兵役についている第三の男がいる。これはどうやら、第一の男から第二の一団へ、第二の一団から第一の男へ、あるいはそれとはあべこべに、バタバタの小さなバイクに跨って往復するばかりが能の男らしい。

第四に、この小さなモーターバイクはハンドルがクロムめっきである。

第五に、端役と呼んでよく、またそう呼ぶべき連中が、ぼくが小さいときに大作家たちから教わったとおりに、主要な問題の間を動きまわり、その引き立て役を果たしている。

第六に、事態はその後一向に進展していないから、こう考えるのは当然である。「いやはや、一体どういう結果になることやら？」

(1) アルタバンはスキュデリー『大シリュス』中の人物であるが、その高慢さが「アルタバンのように誇り高い」という諺になった。

そこでアルジェリア行き《アルジェロペート》の連中は、装具一式をまとめ、持ち物を片付け、衣類の手入れをし、靴下を繕い、軍靴を磨き、銃に油を塗り、「キューブ」印固形スープ、インスタント・コーヒー、塩酸キニーネ、粉末虫下しの配給を受け、ボタン、糸、歯磨、カミュ（アルベール）著作集、ボールペン、日焼けどめ、ショートパンツ、トルコスリッパなどを買い揃えた。

いかめしいカイゼル髭の准尉はカラポッチュの装備を検査し、杖の先まで剽軽《ひょうきん》(1)な中隊長は、キッドの白手袋をはめた指で分解したピストル型軽機関銃の油で光る銃尾に触り、汚れた指をじっと眺めながら、尊大とも当惑ともつかぬ調子で尋ねた。「お前たちはこんなのをきれいな銃と言っとるのかね?」（だが、カラポッチュは用心深く返事を差し控えた。）

（1）杖（badine）と剽軽な（badin）の語呂合わせである。

連隊長は、連隊長にしてはそれほど品のわるくない言葉遣いで長広舌をふるったが、その言わんとするところは要するにこうだった。第一、カラポッチュは間抜けである。いやカラポッチュに限らず、どいつもこいつも間抜けであること。第二、親代々の軍人で、幼時より軍人として育てられたラモリ大佐は、こんな腰抜けどもを指揮するよりは、むしろシジ＝ベル＝アベスあたりでパンパン撃ち合いたいこと。第三、こんな奴らは貰っても有難迷惑であること。第四、フランスはいまや気息奄奄《えんえん》としていること。

旅団長はといえば、これは電報で来られないことを詫びてきた。

そしてぼくらは、互いに電話で連絡し合い、いよいよ時到ると考えたのだ。

いよいよ待ちに待った本番の日の朝、ぼくらは早起きして大々的な買い物に出かけた。まずぶどう酒をたくさん買った。喉が渇くだろうからだ。次に米、オリーブ、アンチョビー、卵、ソーセージ類を買いこんだ。腹も減るだろうからだ。それから、いまはケチっている場合ではないし、それにカラショーズの脱臼した肩か、あるいは言うことをきかない上膊部の痛みを和らげるまでせめて景気でもつけてやらなくちゃなるまいから、ケーキ、砂糖菓子、甘いもの、果物、アルコールもどっさり仕入れた。

それからボリス＝ヴィアン通りとテイヤール＝ド＝シャルダン大通りの交叉点の、地下鉄の出口の真向かいの肉屋のすぐ隣にあるスーパーマーケットで、皮下注射用の針とそれに合った注射器、脱脂綿、都市ガーゼ(1)、縮み包帯十一メートル、安全ピン、自在プライ

(1)　都市ガスにかけた洒落である。

ヤー、猿ぐつわ、ジャッキ、それに何かの役にも立とうかとタピストリー用の円頭釘を四十スーほど買った。

午後は掃除。家のなかはほんとうに汚かったし、これからその尺骨を取りはずそうという仲間をこんな汚い部屋に迎えるのは失礼であろうと思ったからだ。

せっせと働いていたので、やがて用意万端整った。部屋は磨き上げられ、瓶類は暖炉の上に積み上げられ、食事はわれわれの合図さえあればいつでもよくしつけられたテーブルに飛び出すばかりになった。(このテーブルは、ここだけの話だが、ぼくらの一番自慢にしているものの一つだった。田舎のものなので、大都会のあわただしい文明には明らかになじまず、いまだにその出自からくる牧歌的な生活への好みを持ちつづけてときどきぼくらを心配させた。最初のころは、強情な無言の敵意を見せてぼくらをほとほと困却させたものだったが、半年の間なだめたり、すかしたり、あるいは厳しくしたりして辛抱強く手なずけた結果――しかし決して手荒なまねはしなかったから御心配なく――いまではぼくらの言うことをきき、やっと然るべき場所に身をおき、食器を並べてもじっと静かにしているようになったのだった。)

六時十分前。風が冷たくなった。ぼくらは窓を閉め、ラルース大百科辞典の「骨折およびその併発症」の項を夢中になって読み耽り、これからお聞かせすることについて資料を集めた。

六時。ぼくらの親友ユベールが、十一カ月前に借りていってたトーチランプを返しに来て、言った。

「おや、君たちちんときれいになったじゃないか」

「カラスプラッシュを待ってるんだ」

彼は自分も仲間に入ると言い、進んでジンを買ってくると申し出た。ぼくらは彼に礼を言った。彼は下りて行き、しばらくして上がってきたが、途中で会ったと言ってリュシアンを連れてきた。

それからリュシアンは彼のエミリーを、ユベールは女房を呼んだ。ぼくらが呼んだドラキュラ夫妻は外出中、コルヌミューズ夫妻はすぐ来ると言い、いつも笑わせ役の大男のブルローはつかまらなかった。

こうして仲間がぞくぞくと到着し、まるで『シェルブールの雨傘』封切りの日のヴァンドーム館みたいになった（いささか時代錯誤的連想で恐縮だが、寛大な読者諸兄よ、御海容あれ）。ところが、みながみな事情を知っているわけではなかったから、すでに事情を知っている者がまだ事情を知らない者に事情を知らせた。

すると――これは当然予期すべきことだったが――カララハリの腕を折るなんてことをたとえ一瞬にもせよ考えるとは、よっぽどオツムがいかれているとか、そりゃ危険きわまりないとか、麻酔注射をしたら彼はもう何も感じなくなるから、腕を折るばかりか、滑液嚢はズタズタ、関節はバラバラ、腱はメチャメチャ、神経繊維はきれいさっぱりと取り除かれ、靭帯《じんたい》その他一切合財がキャラメルみたいになる、などとぬかす奴が現われた。

それに（その上だ）、軍医殿は打撲傷と申し立てているその傷にほんの投げ遣りな一瞥を与えただけで、こんな馬鹿げた企みなんざぁすみのすみまでお見通しさ。だから、そのカラペットとかいう男は、腕をギブスで固めたままどっちみち戦地行き。しかも御褒美に六十日の営倉を喰った上でさ。ぼくらはどうだ。ぼくらその男の哀れなグルどもは孫子の代まで憲兵につけまわされることは請け合いだな。

「それじゃあ、いったいどうしろってんだ？」ぼくらは異口同音にこう言いながら、互いに目と目で尋ね合った。

そこで議長は総会の一時解散を宣言し、三つの委員会の設置を発表した。それは最高の権限を有する太鼓腹たちの委員会で、それぞれ台所、寝室、大会議室に陣どって非公開の審議を行なう。事務局は提出されたさまざまな案件が帳簿に記載されるごとに委員会に送付するが、その際事務局はそれをいずれの委員会に付託するかを決定する権利のみを有するものとする（この狡猾な手続きはなんぴとをも欺かなかったが、しかし真の討論の開始をそれだけ遅らせることとなった）。

カラプルックの差し迫った未来に関する主な提案は、若干の修正、動議、差し止め、異議申立て、発案、対案、中断、偶発事、見せかけの退場、その他さまざまのいきさつを経て、結局五案に落ちつき、そのうちから一つ、力いっぱい手を上げて選ぶことになった。

第一案は、要するに、やはりカラブラストの腕を折ろうというもの。そのためにこそみんなは集まったんだということが強調されていた。この極端に形式主義的な提案は総会の九%の熱狂的賛成を得たが、これはちと多すぎた。

第二案は、何としてもカラワンをグデングデンに酔わせて階段上から不意に突き落とし、あとは自然に委《まか》せようというもの。この自然に委すという結論は空理空論に毒された考えで、ときとして聡明な神経生理学者になるぼくは、「酔っぱらいにも天の助け」という諺には正しい科学的根拠のあることを証明し、一瞬にしてこの空論を打ち砕いた。しかしそれでもこの発案は一三%の票を集めた。

第三案は、堂々と政治上の立場を表明する以外に救いはないとするもの。カラニエットは蛮勇をふるい、力強い、できればはっきりした声で、自分はこの汚い《サル》戦争に反対であると宣言し、汚れた《サル》鉄道線路に寝そべって、いけ好かない《サル》踏切番にひどい《サル》ざまに打ちのめされるまで動かない。この提案はいささか悪辣だが、ユーモアのセンスがないわけじゃないことは認めてよかろう。しかし、いかにもいやな仕事はお役人(1)に委《まか》せておいた方が無難だと言っているみたいで、これじゃぼくらはいとも簡単に卑怯者になり下がる、と侃侃諤諤《かんかんがくがく》の大論争が捲き起こった。その結果、この案は二三%の得票にとどまった。

第四案は、カラチュームが病気、できれば重病になるのがよく、骨関節結核か黄疸か、重症の蜂窩織炎《ほうかしきえん》か強度の佝僂《くる》病かのいずれかを選ばせようというもの。この案はぼくらの四分の一の賛成案を集めた。

最後の第五案は、カラキリが気違いになったらどうかというものだった。この意見に

(1) フランスでは踏切番は公務員である。

にっこりした者は三七％にのぼった。（原注1）

こうして、カラステニはぼくらの温かい指導のもと、戦闘的精神病理学の現在手に入る限りのめざましい研究成果を用いて、自殺を企てたように装い、奔馬性精神分裂症か単純性パラノイアのために兵役を免除されることになる、という提案が採択された。

ぼくらのなかで（ぼくらはあらかじめなにもかも周到に準備しておいたのだ）、薬学部の三年に在籍していた仲間（彼はいまもって三年生で、最近結婚して子供が男ばかり十一人、みんなとっても可愛く、みんな育つ見込みがある。人生ってほんとに面白いものだ……）が家へ薬局方を取りに行った。思う存分飲んでも、快感は全然得られなくとも少なくとも実際の危険はない（あるいはほとんどない）自由販売のどんな薬をカラブッフィに飲ませたらいいか考えてみようというわけだった。

（原注1）　疑い深い読者は、計算して合計が一〇〇％を超すことに気がつかれたかもしれない。御推察の通り、二度手を上げた者がいたのである。

ついに九時十五分前、指は鉤形に曲がり、歯は歯根を露出した絶望がその場に拡がりはじめたころ、ようやくカラジャンヌがさかんな拍手を浴びて到着した。上官の高貴にして高潔なポラック・アンリが、あずき色のV形のジャージーにクラレット色のTシャツ、ウルトラマリンの先細のズボン、人造ダイヤの飾りのついた黒色バスケットシューズという大夜会用の装いで先導し、カラジャンヌの方は、カーキ色の飾り紐のついたカーキ色の上着に前頭部に気取って斜めにのせた略帽、鋲を打った軍靴（それはワックス塗りたての床の上でキイキイ鳴った）という軍服姿の凜々しい兵隊であった。彼は歓声に迎えられて小さくなって入ってきた。彼のために場所があけられた。一同の熱い視線が自分の上にのしかかってくるのを彼は感じた。

カラシュタインは背の高いすらりとした男で、醜くならない程度にお腹《なか》が出ていた。足指から髪の毛まで大体一八〇センチぐらいで、横幅は全体で七〇センチ近く。肺活量はまさに驚異的で、脈搏は遅く、見たところいかにも感じがよかった。容貌にはこれといって目立った特徴がなく、青い二つの眼、すてきな鼻、大きな口、突き出た耳、あまり清潔でない首。頬髭も口髭もなかった。あればすぐ気がついたはずだ。濃い眉、肉感的な鼻孔、ふっくらした頬、分厚い唇、意志の強そうな顎、角ばったおとがい、狭い額、剃り上げたこめかみ、一見理知的な瞼。だが、彼の表情術《ミミック》はその数が限られているように思われた。そのおリコウな様子は、一九〇八年九月十一日、リヨン駅に降り立ったアルチュール・ド・ブーガンヴィル(1)が道をたずねたパリの土着民を彷彿させるほどだった。

そのほか、生来無口なこと、いわば自分だけの夢想に耽っているような様子をしていたこと、あまりうまくない床屋に行ってきたばかりであったこと、毛むくじゃらの太い手で粗いラシャの略帽をひねくりまわしていたこと、これだけ付け加えればもうこの男の肖像はかなり正確に描けたと思う。だから、もし万一ボリス＝ヴィアン通りとテイヤール＝ド＝シャルダン大通りの交叉点でこの男に出会うようなことがあれば、みなさんはおそらくあわてて道を変えるだろう。ぼくらだって、もしそんなヒョンなことにぶつかればきっとそうするはずだ（だってぼくらはこの話の落ちを知っているから……）。

以上のわずかな資料と、ぼくらの友人ポラック・アンリ軍曹（クロムめっきのハンドルの）が大急ぎでちょっぴり漏らした打明け話とから推して、カラヴァージュは近頃あまり作られない類の単純人間で、稀にみる力（ちょっと腰を下ろしただけで、ぼくらのたった一つの麦藁で座部を張った椅子を壊してしまったではないか）や、平均をやや下まわる知能指数、出身部族慣用の社会的規範に対するほとんど本能的な忠誠心の持ち主であることがア・プリオリに察せられた。しかし、これ以上の穿鑿《せんさく》はぼくらにはあまり興味がなかったので、この辺でやめにした。

アペリティフが出た。ぼくら同席した者はみんな（ぼくらは結局、十二人あまりにもなっていたと言ったっけ？）呑み助だったから、貧困が世界に、かさがブルターニュの下級の坊さんたちに拡がるような猛烈な勢いでそれに飛びついた。しかし、カラレピペードはちっとも飲まなかった。洟水《はなみず》をたらし、といって思い切ってかもうともせず、片隅にち

（1） 作者一流のフィクションである。

ぢこまって一言も発しないか、あるいはときどきぼくらの視線が彼の上にやさしく集まって、どうしても何か言わなければならなくなると、ようやく弱々しい笑みを浮かべてどちらともつかぬ声で言うのだった。「でも、感じがいいね、君たちの家は。小さいけど、とても感じがいい」まさしくその通りには違いなかった。

やっと食事になって、一同テーブルについたが、目白押しでその窮屈さといったらなかった！　まずパンとバターに油漬けのいわしを食べ、辛口の白を飲んだ。たしかに、これは相当な上物だった。それからヴォルタ通りのペトラの店のとろ火で煮たソーセージ、世界中のどんなとろ火で煮たソーセージもこれには敵《かな》わない。次に豪華なごはん料理の大皿が現われた。ごはんの上にはたくさんのオリーブとかたくちいわしの切り身が五点形に飾られ、その間にむき小えびを両脇に添えた輪切りのきゅうりの小山が並び、さらにその全体を薄切りのピーマンやケーパー、そしてきんぽうげと見紛うゆで卵の黄味がおいしそうに覆っていた。

そこで、陸軍軍曹になってから十五カ月と少々のポラック・アンリがいかにも上官らしくシャトー=ベルシー[1]の赤を三本たて続けに抜き、人差し指を口に入れ、ほっぺたをバネにして「トクトクトクトク」とやり、その間他の者は、あるいは舌鼓を鳴らし、あるいはうなずき、あるいは頭をふり、あるいは口髭をひねって、みんながどっと笑いはじけた。

食事がすむとサロンへ移動し、コーヒーが出、葉巻やタバコのやりとりがあり、さまざまなアルコールが手回しされた。

カラファルクを気楽にさせるには何か喋らせるに限ると思い、ぼくらはいきなり、単刀直入、戦争をどう思うか、賛成か反対か、とたずねた。これは読者諸兄も御記憶のことと思うが、当時大流行の質問で、公私いずれの場にせよ、論争の種とならぬ日はほとんどなかった。しかし、ぼくらがこの質問をしたのは、特別の関心からだった。それはいつも聡明な読者諸兄はおそらく気付かれたと思うが――だってぼくらはなにげないふりをして、意地わるく、ときには悪意さえまじえて、これまで十分にそれをほのめかしてきたんだから――はっきり言って、ぼくらが政治的関心さえない奴の巻き添えを食らって危ない目にあわねばならないことにいささかむかっ腹を立てていたからだ。親しい仲間たちがその名誉をかけてお国のために歩哨に立っているというのに、ただ惚れた娘のベッドでのんびりと暮らすことしか考えず、しかも「自由」「民主主義」「人類の理想」「社会主義」その他一切合財をほとんど、いやまったく屁とも思っていないらしい野郎の安泰を守るために、何でぼくらがこんなにも必死にならなくちゃいけないのかと臍《ほぞ》を噬《か》む思いだったのだ。

しかし、あいにく——そこに好個の寓話の種を見つけることもできたはずのぼくらにとってあいにくなのだが——カラドゥーイユは見かけほど馬鹿じゃなかった。この面で自分が仲間をがっかりさせるのを知っていた彼は、無理にぼくらの期待に答えようとして、ぼくらがよもやそんなことは言うまいと思いながら彼に言わせようとしたまさにその通りのことを言ってのけた。つまりぼくらと同じように、彼もまた他の場合なら、それに頼まれようによっては、「トランクを担ぐ(2)」(これは明々白々の比喩だから、蛇足を加える必要はあるまい)ような人間の一人であることを認めたっていうわけだ。

だが、そもそも一体、そんな危険を冒してまで、事を純粋に政治的次元にまで高める必

(1) ベルシーはパリのアルジェリア産の安ぶどう酒市場(アル・オ・ヴァン)の名。
(2) ジャンソンF・L・N(アルジェリア民族解放戦線)救援組織に属するフランスの青年たちが、「トランクを担いで」救援資金を運んでいるのを発見逮捕されたことを指す。

要がどこにあるというんだ。ただ、戦争は醜いから嫌いな、平和は可愛いから好きな、日曜の夜は広場の三色提灯《ちょうちん》のもと、アコーデオンの奏する『犬の毛皮のニニ』[1]の曲で踊るのが好きな気のいいニイチャン、サンダルばきでミルクを買いに行く下町のアンチャン、それでどうしていけないんだ。それに恋！　惚れた娘がいる、それだけで救われるにゃもう十分じゃないか。

　この理論的な無罪宣言を聞いて、カラガンディはやや心をゆるしたと見え、夜もふけるころには少しばかり打ちとけてきた。そして自分が工員であること、軍隊は肌に合わないこと、こんなにたくさん本を見たのははじめてであること、などを打ち明けた。

　そうなると、ぼくらは人民派だし、血のなかには大衆啓蒙のヴィールスがうごめいているし、それにぼくらの夢といえば、十九世紀の末、サヴォアあたりの寒村の小学校の先生になって、上っ張りを着た百姓の伜どもにルソーやヴォルテール、ヴァレス、ゾラを読ませたかったというのだから、早速彼に手持ちの本、例えば『白鯨』『火山』（ああ、『火山』[2]！　親愛なるポポ[3]！　カカフワック[4]！　セ　グスタ　ヘステ　ウウラルディン！　メスカリート　ペル　ファヴォール[5]！　これぞまさしく真の小説だ！）『ヨーロッパ精神の危機[6]』

(なぜ笑う? なぜかわかっているぞ、このいけ好かぬ子供嫌い奴《ミゾペード》! 蒙昧主義者奴《オブスキュランティスト》!)、ヘンリー・ミラー(当時ぼくらはヘンリー・ミラーが好きだった)、ガストン・ルルー[7](奴はガストン・ルルーも読んでいなかった!)などなど、場所塞ぎの本を進呈した。ところが彼は大変丁重に辞退して言うのだ、世の中が平和になって、落ち着いて読む暇ができたら、その真髄を玩味できるときがきたら、そのときにはいただきたい。でも今夜は、と彼は付け加えた、今夜はとてもそんな気にはなれない、と。

この長広舌——その選び抜かれた表現は、ぼくらの仲間ポラック・アンリの洗練された教養がこの若い魂に(お気の毒に!)いかに悪影響を及ぼしたか、その全貌をうかがわせ

(1) 一九〇〇年ごろに流行したシャンソン。

(2) 『物の時代』のエピグラフが取られたマルカム・ローリ『活火山の下』を指す。

(3) 小説中のポポカテペトル火山。

(4) 小説の舞台である高原の町クワウナワックのアリュージョン。

(5) いずれも小説に現われる呪文めいた言葉のパロディ。

(6) コレージュ・ド・フランス教授ポール・アザールの主著(一九三五)。

(7) (一八六八―一九二七) 素人探偵ルールタビイユが活躍する一連の推理小説の作者。戦前戦後を通じてその多くが映画化された。

るに十分だったが——で彼はもうすっかりバテて、倒れるように椅子にへたり込み、とげとげしい沈黙に沈んでしまった。重苦しい沈黙が煙の朦々と立ち込めた部屋いっぱいにのしかかった。そしてぼくらはもの悲しい思いに襲われた。もうおしまいだ。カラスタンベルジェはそのどた靴と人のよい面と、ちょっとばかり鈍い頭と善意とどもりでぼくらを大いに楽しませてくれたが、いよいよ今度はぼくらの出番だ。なんといっても、やはり奴さんを窮地から救い出してやらねばならぬ。ぐずぐずしている場合じゃない。すぐにもひと騒ぎ起こさなければ。

そこでわれら一統の頭のいい、尊敬すべき親方は眼鏡を拭き、パイプを口からはずしてこうノタもうた。

「ところでだ、君の一件、みんなでとくと考えたんだ。こいつぁあんまり愉快な話じゃない。だが、とんまなしくじりだけは気をつけにゃならん。もちろん、君の腕をそおっと折るに越したことはないが、こりゃモウレツあぶない。だって、注射しちまえば君はなんにも感じない。関節はバラバラ、滑液嚢はメチャメチャ、靭帯《じんたい》も関節内腱もズタズタってことになりかねないんだ。それに、なあ君、いいかい、軍医はみんなまぬけ揃いだと思っちゃいかん。連中はそう安々とは騙せない。人をばかにするのもほどがあると言うだろうさ、軍医の奴らは。そればかりか、そうなってもやっぱり戦争には行かされる。縮み包帯を首から吊って、尻っぺた蹴とばされてね。そしてあげくの果てにゃ九十日の営倉、いや悪くすりゃ軍法会議だ、ビリビ(1)やフーム・タタウイン(2)行きだ。そしてぼくらはぼくらで、人のお先棒をかついだ罰に、何年もの間ポリ公に尻をつけまわされるってわけだ。そうだろう?」

「おい、おい(と相手が言った)、それがキリスト教徒のやることなりゃ! そんなら、おりゃすぐにでもセーヌに飛び込んでお陀仏してやるぞ、畜生!」

「まあまあ、まあまあ」と、ぼくらのなかで親分然とした男が自転車のチェーンを威嚇するようにくるくる回しながら言った。「そう興奮しないで。君の件について議論を重ねるうち、名案らしいものを一つ見つけた。君がオツムの病気になるってえのはどうだ。何錠か薬を飲む。頭がモウロウとし、自分がどこにいるのかもわからなくなる。飲んだものを吐かされる。君はどうやらほんとにお陀仏したかったらしいとわかる。こいつを軍人が好まないのは知れたことだ。軍隊の士気によくないからな。そこで君は精神病医の前に連れて行かれる。そうなりゃ、兵役免除は言わずと知れたことよ」

四時間以内にハラキリをしなければならないという考えは、ぼくらの友カラコルム(いや、ぼくらの友アンリ・ポラックの友人だ。混同しちゃいけない。ぼくらの友アンリ・ポラックの友人たち必ずしもぼくらの友ならずだ、幸いなことに）のお気にはあまり召さなかった。それどころか、ひとしきりぶつぶつ不平を鳴らした。だが、どうしろっていうんだ。ぼくらは単にひどく頭数が多いというだけではなく、アタマの程度も大変よかった。なぜって、ぼくらは高等実習学院《エコール・プラチック・デ・オート・ゼチュード》(3)第六セクションの戸別訪問販売セミナーに伊達や粋狂で二年連続出席したわけじゃない。相手の虚をつく論法、カルヴァドスとブランデーのふるまい、ひねった三段論法、当意即妙の気転、これで、ものの二、三分足らずで（ぼくらはもっと頑固な奴にお目にかかったことがあるが）彼の情熱を燃え立たせることに成功した。よく考えてみりゃ、これもまんざら悪い考えじゃない、とまで彼自身思うようになった。よし、やるぞ。うん、小粒の薬を何錠か飲んで胃袋をバルビツールで充填し、ぐっすりオネンネしてやらあ。目が覚めると病院のベッドの上。口には細い管を通され、足元には洗面器が五、六個置かれ、看護兵（こいつらもまた汚《きたね》えヌクヌク組だ）がおれの背

（1）アルジェリアの懲治隊。
（2）チュニジアの懲治隊。
（3）パリのゼミナール中心の高等専門教育機関で、第六セクションは社会科学部。

中を叩いている。それから精神分析医たちのところに連れて行かれる。そしたらこんなことを口走って、奴らをじらしてやらぁ。
どうもイライラと落ち着かなくて、
ときどき生きてるのがヤになって、
脳天をぶち抜きたくなって、
川ンなかへ身を投げたくなって、
生きてるのがヤになって、
ときどき川ンなかへ身を投げたくなって、
脳天をぶち抜きたくなって、
どうもイライラと落ち着かなくて、
ひと思いにカタをつけたくなって、
ひどく気ィふさがって、
まるで穴みたい、
黒い穴、

でっかい黒い穴、
ブルブルブルッ、
生きてるのがヤになって、
(生きててなんになる)
こわくって、そりゃもう普通じゃなくて、
どうもイライラと落ち着かなくて、
川ンなかに身を投げたくなって、
とどのつまり、連隊に誰かフーテンがいるとすれば、まさしく自分だということ、デュムリエ中隊長の口角泡をとばすマスペロ(1)破壊症《クラスティ》の発作なんてのは、自分の病気に比べりゃ物の数ではないってことを奴らにわからせるのだ。そこで精神分析医がこりゃ立派な単純性パラノイアか、うまくすりゃ精神分裂症とさえ診断してくれ、病院に送り込まれ、北アフリカの岩山へなんか行かないですみ、そのうちにゃアルジェリア人がこの汚《きたね》え戦争に勝

(1) 新左翼系の出版物で有名なパリの書店。ペレックはこの書店発行の月刊誌『パルチザン』に寄稿していた。

ち、停戦も結ばれ、平和条約も調印されるってわけさ。

こう言ってカラメガはひどく感激し、ぐっとジンを大コップ一杯あおり、一人でケタケタと笑い出した。

それから一時間あまり、彼はさも幸せそうにうたたねした。ぼくらの方はその間、薬局方を手に、胃袋につめ込む薬を選んで彼を軍隊から救い出そうと必死になった。クラレ(1)はなんといっても効き目がない。サンズノカワ・ダトロピオンは兵卒および予備下士官には禁止されている。かといって、エンセイ蒸留液は目の玉が飛び出るほど高い。やむなく、ぼくらはオージョー博士の溶解樟脳含有チシザインを選んだ。

成分・分量

ニコテート・ド・メチルド……………………………………○・○○五

(1) 南米土人が用いる矢毒。

8—クロロテオフィリネート—ジメチル—アミノ—エチル—ベンジドリル・エーテル……〇・一
サッチューザイ……〇・四
バルザック……〇・〇〇一
キニーネ・シュクシリュブラ……〇・八
ジェームズ・ボンド……〇・〇七
アグリッパ・ドビニア……微量
キヤスメ補薬……必要量（九八・六％）

あまり知られていない薬だが、これまで決して誰ひとり文句を言いにきた者が決していないらしいのがせめてもの取り柄。ポラック・アンリは根が几帳面な男だから、この薬の特効を現代人必携のルーズリーフ式メモ帳（止め金がクロムめっきの）に書きとめ、それからぼくらは次の件を決定した。

1　最も手っ取り早い方法でカラスヴァイスを起こして立たせ、彼の第一装を着せる。

2　腕を取って、この界隈で一番近い薬屋（といえば、さしずめボリス＝ヴィアン通りとテイヤール＝ド＝シャルダン大通りの交叉点の店だ）に連れて行き、彼が目を丸くしているのもかまわずＡｄ・ナキカズ博士の溶解樟脳含有チシザインを一箱買い、向かいのカフェで気前よくコーヒーをおごってやり、催眠・催睡性睡眠薬を多量に（といっても過度にでなく）飲むところを見守ってやる。

3　宿屋に連れて行き、お休みを言って別れる。

ｄ、できるだけ早くその後の経過を知るように努める。

そうすればもうしめたもの、オチャノコサイサイだ、とぼくらは考えた。あとは、歌にあるように、

　　バルビツールでひと眠り、
　　覚めりゃオツムがいかれおり。

奴は枕を高くして眠っている。身のまわりの細々したものはきちんと片付けてある。ナイ

トテーブルには惚れた娘の写真と苦い錠剤の空き箱、飲みさしのコップ、それに次のような文面の遺書が置いてある。生きているのがイヤになりました。アルジェリアに行きたくありませんでした。シカバネ博士のチサインを十二錠飲んでいます。おとうさん、連隊長殿、おかあさん、ごめんなさい。中隊長殿、いろいろ御親切ありがとうございました。准尉殿、誓って申し上げますが、あの日私はなんにもしていません。だのに一週間の営倉をくらいました。でももう怒ってなんかいません。それからポラック軍曹、こんなことがなかったら、君とはほんとの友だちになれたのに。それにいい奴だったファランパン（だけどいい奴ファランパンは、三週間前にくたばりやがった）、ブリーズ・グラースと愛称されてたちびのラヴェリエール、みんなみんなごめんよ、ごめんなさい。

そして夜のしらじら明けに、悪党づらをした宿屋のおやじは輝かしいフランス陸軍（最高だ、なぜって一番よく売られているんだから）の軍服を着たうさん臭い客のことが気になってその部屋のドアを叩くと、顔を引きつらせ、屠殺される仔牛さながらの悲鳴をあげて隣近所や私服刑事、ＰＪ[1]、ＳＰＡ[2]、ＶＳＯＰ[3]、屍体公示所、大統領官邸、フィガロ、ホードロック[4]、コシャン[5]を呼ぶ。意識不明のカラシュミュルツは早速病院に運ばれてふっくらしたベッドの上で破滅の眠りを眠り続け、四十三センチの消毒済のゾンデを食道（それとも咽頭かな）に突っ込まれるまで目が覚めない。十一人の（いや、喉頭自身かもしれないぞ）、十一人の（それとも気管かな。わからないよ、ぼくは）、十一人の（わからないなら書かなければいい、とおっしゃるかもしれない。書こうとするからには専門用語ぐらい知っているべきだ、と。ごもっとも、ごもっとも。でもぼくはちゃんと知ってるんだ。みなさんだってこんなことに関しちゃぼく同様御存知ないってね。第一、ぼくの代わりにこの話を書こうたって書けっこないんだから！）、十一人の（四十三センチの消毒済のゾンデは、要するに喉に突っ込んだことにしてもうヤーメタッと）、そうだ、十一人の選りすぐった精神病尉が脈をとり、舌を出させ、知能検査をし、足指の裏側を眺めてバビンスキー徴候を見（エッヘン、仇うちだ。バビンスキーは御存知あるまい。でも、教えてあげ

（1）Police Judiciaire（司法警察）。
（2）Société Protectrice des Animaux（動物愛護協会）。
（3）Very Special Old Pale（最高級のコニャック）。
（4）パリの産科専門病院。
（5）パリの総合病院。

ると思ったら大間違いですぞ)、あげくの果てにはうんざりして、他所《よそ》に見せにやる。その間に形勢は逆転し、休戦はもうすぐそこで、平和条約も調印されるってわけさ。

というわけで、事は次のようにして実行に移された。すなわち、一味の大半がその場にとどまってアルコールを飲み干している間に、ポラック・アンリ、あの親愛なるポラックともう一人（名前は言ってもしょうがない。どうせみなさんには関係ないんだから）がカラブガーズを抱きかかえると、ちょっと散歩に連れ出した。

時は瞬く間に流れて、夜はいつしか更けていた。床にじかに眠る者、そっと忍び足で帰る者があるかと思えば、転がっている空瓶の山に足を取られて不敬の言をはく者、あるいは台所へ行ってチーズをつまみ食いしている者もあった。黒いヴェールの女たちが聖像の前に跪《ひざまず》き、十字を切って兵士の救済を祈っていた。ボリュームを下げたプレーヤーの上では、事件とは何の関係もなげに、レスター・ヤングがジョン・ルイスのピアノ、ポール・チェンバーズのコントラバス、ケニー・クラークのドラムの伴奏で、何かとっても素朴でとっても美しい曲を奏でていた（『ブルースター』、ノーマン・グランツ、ナンバー六九三三）。

三時か、三時十五分ごろ、ポラック・アンリとその連れ（名前は言ってもしょうがない）がぬっくり姿を現わしてぼくらをびっくりさせた。まだ口をきく元気のあった連中は、片肱ついて上体を起こし、どうだった、と訊いた。

すると二人はものすごくややこしい話をはじめた。そのややこしさときたら、それに比べれば育児高等師範学校の入学試験（一九五×年度ただ一回の）に出たかの有名なクロード・シモンの書き取りだって、イザック・ド・バンセラード[1]（一六一三－一六九一）のあの名高い六行詩よりすっきりしていると思われるくらいだった。この六行詩、平明と典雅とが覇を競うすばらしいもので、ぼくはどうしてもここで読者諸兄にそっくり引用したい誘惑に抗することができない。

（1）フランスの宮廷・サロン詩人、劇作家。

梨とチーズといずれにすべき
思いまどいて途方に暮れぬ、
チーズ取らんか
梨は食いえず、
梨を取らんか
チーズ食いえず。

(この詩の真偽のほどは疑わしいかもしれないが、その点については、ぼくは独断をつつしみたい。ただ言っておきたいのは、この六行詩が他のどんな六行詩とも同じように、規則通りの六行の詩句からなっており、しかも構成、組成、作成、写生、みな疑問の余地なく雅《みやび》やかなことだ。意味の方はやや明瞭さを欠くが、それは寓意が長い年月の間に剝げ落ちたせいである。いずれにせよ、これが愛すべき小品であることはみなさんにもお認めいただけよう。)

それはさて、要するにポラック・アンリともう一人（名前は言ってもしょうがない）はカラスタンクをモンパルナス（読者よ、覚えておいでかな？　夜遊び三羽鴉の一人が生まれたところだよ）の薬屋へ連れて行き、体重を測り（いやなに、試しにだ）、それから彼専用に、薄紫色をした卵形の糖衣錠が十二個入っているちょっと気味のわるい（いやホント）、緑色がかった小さな箱を一つ買った。

それから、これもまたちょっと気味のわるいカフェに入り、ボーイに、そいつは卵形の頭に緑色がかった顔色の、薄紫色の前掛けをしめた、まるでヴィンセント・ミネリの映画に出てきそうな奴だったが、そのボーイにブラックコーヒーを三つ、それもうんと濃いのを注文すると、墨のように濃いブラックコーヒーを三つ持ってきた。そこでポラック・アンリが、いや、もう一人の、名前は言ってもしょうがない方（いずれにしろ、それが誰だか知らない方が身のためだ）だったかもしれないが、とにかく、どちらかがカラブルームの茶碗に薬を四錠と角砂糖十一個を入れ、小さなオシャジでモウレツに掻きまわして（取り出したら半ば腐蝕していた）それをカラカラの口元に持って行き、いっきに飲み干させ、げっぷが出るまで背中を叩いてやった。

そのあと、ポラック・アンリ（ぼくらの友）とその相棒（名前は相変わらず言ってもしょうがない）がカラシュヴァインに手紙を口述筆記させた。カラシュヴァインは生きているのが信じられないほど嫌になったこと、アルジェリアの山野に人殺しに行く気にはとてもなれないこと、オーヤブ博士の薄紫色のチシザイン剤を十二錠飲んだこと、ポラック・アンリ軍曹はなんらこの件に関係ないこと、おとうさんやおかあさんや連隊長殿に、男のなかの男の中隊長殿やその力量を十分に見せてもらった准尉殿に、仲間のラヴェリエールやファランパン（だけど、ファランパンの奴、もう三週間も前に、右脇腹に赤い穴をぶちあけられたんだ）に、それから末筆ながら、フランス共和国大統領ゴール将軍閣下にくれぐれもお詫びを申し上げたいこと、など。

カラブッフィは何度も読み返してから子供っぽい字でサインをし、もう一度げっぷを出した。彼は疲労困憊の態で、やさしい西風の女神ゼピュロスの愛撫をうけた新芽のようにふるえていた。顔色は見るからに悪くなり、鼻先は桃色に変じ、頭は毛が抜けはじめた。ポラック・アンリともう一人の名前は言ってもしょうがない奴は、いよいよずらかる時が来たと判断した。

彼らは空いている宿屋を探した。が、一軒も見つからなかった。こんなことって、ままあるもんなんだ。

長い間歩きつづけた。あまり長い間歩いたものだから、ついには疲れ果てて足をとめた。すると、カラフェルドは断わりもせずに道端に倒れ込み、ぐうぐう鼾《いびき》をかきはじめた。

「いくらなんでも、ここにほっとくわけにはいかないな」とポラック・アンリが言った。

「もちろんさ」ともう一人の名前は言ってもしょうがない奴。

「なあ、そうだろ」とアンリ・ポラックが念を押した。

「そうにきまってらあ」ともう一人の名前は言っても大したことはない奴が結論した。

この完全な意見の一致に力を得て、二人は互いにじっと見つめ合い、額を寄せて暫時ブレーンストーミング(1)を行なった結果、次のような妙案が浮かんだ。つまり、宿屋に部屋がないなら、カラカスは兵営に行けばよい、というのだ。

(1) フリートーキング式の会議。

衆議一決、直ちに実行に移された。カラビネーレを抱き起こすと、折りよく通りかかったタクシーに押し込み、ポラック・アンリともう一人（名前は言ってもまったくしょうがない）もいっしょに乗り込んで、ポラック・アンリが朝な夕なフォークが伸縮自在の（そしてオイルゲージが透視式の）小さなバタバタバタバイクで往復する熟知の道を全速力で飛ばさせ、ヴァンセンヌの新要塞の門に到着した。

そのとき（そのときになってやっと）二人はカラスコンの耳《オネイユ》（誰のことをほのめかしているかおわかりかな？）(1)のなかで木片を燃やして目を覚まさせ、やさしくほほえみながら薄紫色のチシザイン剤を四錠渡して言った、早く行って寝床に入り、書き置きを人目につくようにヘルメットのそばに置き、これを飲んで安心してコトの成り行きを待つがいい、と。それに付け加えて、ぼくらには何の借りもない、薬代もコーヒー代もタクシー代も心配には及ばない（ああ、なんと寛大な心よ）、君の役に立ててほんとによかった、と言い、そして、わがうるわしきフランスの道路工夫の歌の文句、

も一度やーれとなら

この道またやーるさ(2)

を口ずさんだ。それから、手のうちは隠しおおせても恐怖は隠しきれずに、カラベスクを有料ボロ車の外に投げ出すと運転手にUターンを命じた。そしてセーヌ川を渡るとき、ポラック・アンリは残った薄紫色の薬四錠を種まく人の荘重な手つきで黒い水面にばらまいた。

ところで、すべてを御照覧の神様は、これら一切がやがて水の泡になるのをすでにお見通しであった。

(1) アルフレッド・ジャリ(一八七三―一九〇七)作『ユビュ王』を暗示している。この戯曲のなかでは、耳(オレイユ)はすべて「オネイユ」と呼ばれている。

(2) 道路工夫の歌ではもちろんなくて、アラゴンの『フランスの起床ラッパ』のなかの一篇「責苦のなかで歌った男のバラード」のライトモチーフをなす詩句のパロディ。

やれやれ、これでどうやら一段落ついた。ぼくらはそう言ってもう一杯飲んだ。それからポラック・アンリが寝に帰り、他の連中も次々に帰っていって、残されたぼくら二人も眠りについた。

翌日は後片付け。まるで戦場のようだった。皿やナイフやフォーク、コップ、灰皿を洗い、空瓶を捨て、床を磨いた。

四時ごろ、ふらりと何人かがやってきた。

「どうした、カラメラマンの奴?」「カラメラマン、いまどこにいる?」とみんな口々に尋ねた。

「それがてんでわからねえんだ、まったく」とぼくらは答えた。「ポラック・アンリを待たなきゃ」

そのポラック・アンリはやけに待たせやがった。七時になってようやく現われた彼は、げっそりとやつれ、腑抜け同然。顔は引きつり、生焼けの若鶏のような白く長い首にしめたネクタイはだらしなく曲がり、喉仏はピクピク痙攣していた。

「どうした、カラヴィゴートは？」とみんなが訊くと、

「ああァ」とポラック・アンリはぷりぷりしながら言った、「訊くな、訊かないでくれ」

それからメリッサ水を少々飲んで気を取り直すと、彼はコトの次第をこう語り出した——

その朝、昨夜の興奮さめやらぬぼくらの親友ポラック（アンリ）軍曹は、無鉄砲に四種類も飲みまぜたアルコールにむかつく胃袋をかかえて、ユーウツな面持ちで穴あきペダルの愛用バイクに跨り、フィアンセや婚礼の夜の部屋や新郎に付き添う青年たちや結納の品々を生まれ故郷のモンパルナスに残して、眠気にモーローとしながら、新要塞の門をくぐり、歩哨やその他大勢に敬礼をした。と、そのとき、一体何を――

（だが、その前にまず読者諸兄に再読をおすすめしたい。いや、ぜひとも再読していただきたい。もちろん全文を、と言いたいところだが、とくに右の一節をだ。そしてその不粋さ加減をとくと味わって欲しい。この暗黙の自己批判はこの本の他のすべての部分にも適用されるべきものだ。）

ところで、一体何をポラック・アンリは営庭に見たと思う？　クロムめっきのハンドルの小さなバイク？　いいや、お生憎さま、全然ちがう。彼、ポラックは見た、自分の眼《まなこ》でしかと見た、幌をかけた数台のトラック、立派な幌付きトラックがとまっていて、タノモシそうな連中を、駅に運ぶために、いっぱいに詰め込んでいるのを。その他にポラック・アンリは何を見たと思う？　クロムめ……？　ちがうったら、このヌケサクめ！　彼は見た、しかと自分の眼《まなこ》で見た、この幌付きトラックに向かって、重い装備に、いやむしろアラブ人殺しの装備の重さに打ちひしがれ、黄色い顔に腫れ上がった瞼のバカ面ひっさげて進んで行く、誰あろう、あの大男のカラトゥストラ、紛れもないカラトゥストラ、二人とないカラトゥストラ自身を。

かわいそうに、愕然としたアンリ・ポラックは近づいて声をかけた。

「おい、どうした、カラビビーヌ、何してんだ？」

「うるせぃ！」恩知らずで意地のわるいカラポプレクティクは答えるに暴言をもってした。

かわいそうに、アンリ・ポラックはそれ以上何も訊き出せなかった。だが、このアンリ・

ポラックは忍耐の権化みたいな男だったから、あちこちを調べてまわった。同じ内務班の兵隊たちや衛兵、物見高い連中、隣人たち、門番などに質問して、半ば推理により（推理力があるからね、このアンリ・ポラック先生は）、半ば想像によって（想像力もある、いや、ちっとやそっとの想像力じゃない、このポラック・アンリの大将は）、勇敢で高潔な仲間のヴァンセンヌにおける最後の数時間がどんなものであったか、を再構成するのに成功した。

つまり、コトの次第はこうだった。その日の明け方、このまま寝床に入ったらその後どうなるか知れたものではないという予想におそらく恐れをなしたカラゾゾは、厳密な意味で寝に行くことをやめ、近くの森をちょっと散歩して酒気を追っ払い、蛾を追いかけようと冴えぬ頭で決めたらしい。ギュスターヴ＝ジェスレール大通りの鬱蒼たる街路樹の方へ斜航線を描きながら進んで行く彼の姿が衛兵所から見えたという。一時間後、歩哨は彼が戻ってくるのを見た。と突然、彼はぱたりとその場に倒れた。歩哨は危険をも顧みず、すぐに助けに行った。カラバンブーはこれが最善の処置だと考えて、体をゆすぶられるや、すぐ胃袋のなかなるものを吐き出した。ジンを四分の三リットル、ラムをたっぷり四分の一リットル、ブランデーを同量、カルヴァドスをそれよりやや少量、レモンの皮少々、それから優に一市の中国人を賄うに足るほどの米、その他もろもろ（そこにはすぐれた催眠剤である例の卵形薄紫の粒子がまだ若干浮いていたに違いない）。これらがみんなアイロンをかけたばかりの歩哨のズボンにひっかかったからたまらない。こっちも危うくヘドが出るところだった。助けを求められた騎馬伝令が消防班を呼びに行き、消防班は班ピカイチの伍長をやり、その伍長がカラパットを立たせ、きびしく叱りつけ、オシリをひっぱたいて早々に寝に行かせた。

そこでカラノワは夜も白みかけるころ、灰一色の内務班に入って行き、服を着たまま自分のベッドにどっかと倒れ、足を枕、頭をヘルメットにのせてグウグウと、まるで学校でそれしか習わなかったみたいに大鼾《おおいびき》をかきはじめた。

三時間後、今日は駐屯司令官の姪カロリーヌの誕生日だったので、パリの陸軍軍楽隊が祝意を表するために朝の奏楽にやってきて、まず『魔笛』の序曲を元気いっぱいに演奏し、急いでそれを『泥棒かささぎ』のへ長調ポルカにつなぎ、最後にコルネリウス・フランドラン[1]の『オツム交響曲』（コンブリオ）で締めくくった。カラクラックはガバと跳び起き、シャワーをジャージャー浴びると、荷物をまとめ、みんなと同じように出発した。

規律こそは真に軍隊の力の源泉であるという証拠がいるなら、これぞまさしくその証拠である。

これでおしまいだ。物語がちゃんと終わったことを示すためのすぐれた作家たちの言い草ではないが、ほんとにこれでおしまいだ。

（1） 架空の作曲家。

「なんてこった」と誰かが言った。「そう、そうなんだ」とアンリ・ポラック。「チクショウ！」と、三人目が叫んだ。

ほんとに、ぼくらは泣きたかった。瞑想的な長い沈黙の後、みんな口々に言い出した。

「これでおしまいじゃない。カラノイアの奴、いまどこにいるんだ？ まさか、もう行っちまったわけじゃねぇだろう？」

アルジェリア破壊者《アルジエロクラスト》たちを乗せた汽車は、ヴェルサイユ方面のどこか森の奥深くにある専用の駅[1]から、夜も更けたころ出発するということを、ポラック・アンリ（この方面のことにかけては屈指の物識り博士）の口からぼくらは知った。

かわいそうなカラディヌ！ 惚れた娘の腕のなかでのんびりと暮らせると思っていたのに。岩だらけのアルジェリアの山などには決して連れては行かれないだろうと信じていたのに。彼はいま、その汽車のなかでひとり淋しくしているのではないか。ぼくらはかの地の戦争のことを考えた。燃える太陽、砂、石、遺跡、テントの下での朝の寒い目覚め、強行軍、多勢に無勢の戦闘など、要するに戦争にまつわるさまざまなことを。

戦争なんて面白くもねぇ、クソ面白くもねぇや、まったく。ほんとに、ぼくらは泣きたかった（それはすでに言ったと思うが）。

それから、ぼくらは言い合った。

「やっぱり会いに行ってやらなきゃあ」

そこで、総員腕を組み、ポラック・アンリを先頭に出発した。ヴェルサイユまで電車で行った。必要な品を山ほど買い込んだ。タバコ、小型葉巻、ウィスキーの小瓶、ボンボン、詰め物のチョコレート、刺繍入りのマフラー、絵入り新聞、文庫本、そしていろいろなときに役立つようにと、小さなメダルのたくさんくっついたお守り、など。それに、向こうに着いてから手紙をくれるように、ぼくらの写真と住所も入れておくことにした。手紙をくれたら、こっちからは慰問品を送ろう。そして彼の父親、母親の代わりになってやるのだ。

（1） カン・ド・サトリーと言い、ヴェルサイユの近くに実在する。

静かな明るい夜だった。
小暗い森の空地には
野郎と鉄砲を満載し
車輛が四十並んでいた。

いるわいいるわい兵士たち
おったまげてただ見るばかり、
一等二等に詰め込まれ
フランス中がそこにいた。

町のもんが二、三人
パパが一人にママ二人、
あふれる涙を拭いつつ

いとしわが子にさようなら、
昇降口には小便小僧。

ギターひっ掻くおどけ者
和する仲間は胸はだけ、
徴兵軍曹は葉巻を配る、
胸かきむしる酔い寒し。

わめき上戸はげっぷを吐き、
思想家たちは思いこめ
時代の不幸を書きなぐる、
にっこり眺めるパラ坊主。[1]

（1）　アルジェリア戦争当時の悪名高い落下傘部隊要員で、元司祭の意。

汽車の上には静かな夜が……
機関車すでに出発O・K、
勝利に輝く兵士の眼《まなこ》、
停車場だけが幸の園？

ぼくらは探しに探した。汽車の端から端へ、一度、二度、行きつ戻りつ探し歩いた。車輛のなかに乗り込んでみようかとも思ったが、それは禁じられていた。そこで窓ごとに叫んだ。

「おーい、カラフレニック！　いるかぁー？　いたら顔出せーい！　友だちのポラック・アンリだぁ！」

するとと、

「いねぇぞぉ、カラ＝ト＝イウ＝ヤツなんか」

とか、

「うるせぇ、このアホ！」という答えが返ってくるだけだった。

で、もうこう思うほかはなくなった。カララリコはこの汽車に乗っていないか、さもなきゃあ、ぼくらとは口をききたくないんだ。

そこで、ポラック・アンリとぼくらはヴェルサイユ街道を引き返した。アンヴァリッドまで電車で戻り、本やタバコやチョコレートを分け合い、一杯飲みに「セレクト」のテラスに行き、買ったウィスキーの小瓶を空けて、それからそれぞれ家に帰った。それ以来、この気むずかし屋の消息は一度も耳にしたことがない。

i

索　　　引

これはいま読み終えたテキストに見出されると作者の信ずる修辞上のあやや飾り，もっと厳密に言えば換句法 métaboles と並列法 parataxes の索引である．

曖昧語法　amphibologie　189
*アフォリズム　aphorisme　265
*アフリカ語法　africanisme　201
*アラビア語法　arabisme　218

［i］音の過度の使用　iotacisme　215
*異義復言法　antanaclase　225
イタリア語法　italianisme　なし
*一行語　monostique　193
*イメージ　image（とっても美しいイメージ）　210
*隠喩　métaphore　190
*支離滅裂な〜　métaphore incohérente　191
*引喩法　allusion　246
*引用　citation　221

*迂説法　circonlocution　198

*英国語法　anglicisme　255
［m］音の過度の使用　mytacisme　200-201
［l］音の発音の誤り　labdacisme　201
*婉曲法　euphémisme　233

訳注　＊は本訳書においてもなお示されたページ中に見出される、あるいは見出されると思われる事項。

ii

*演説調　allocution　195

おうむ返し　psittacisme　たしかに
*音位転換　métathèse　188
音節過剰　hypercatalecte　193
音節不足　catalectique　256-257

*概観　conspectus　215
*改言法　épanorthose　260-261
*格言　adage　226
*活写法　hypotypose　231
*活喩法　prosopopée　220
*雅文体　élégances　217
*華麗体　mégalégorie　268-270
*換語法　anthorisme　247
*換称法　antonomase　246
*緩叙法　litote　211
*間接的（長談義）　oblique（harangue）　197-199
*感嘆結語法　épiphonème　272
*間投詞　interjection　247
*換入　commutation　？
換喩　métonymie　198

*擬音諧調　harmonie imitative　232
*擬音語　onomatopée　241
*擬古体　archaïsme　238
*気取り体　calliépie　235-236
*逆言法　paralipse　188, 189, 190-191, 197, 216
逆置法　hystéro-protéron　倒逆法を見よ
虚辞　explétif　231

iii

*ギリシャ語法　hellénisme　209
*金言　apophtegme　256-257
　近似法　approximation　？

*空語　phraséologie　234
*区別法　distinguo　261

　結句反復法　épistrophe　なんら反対すべき理由なし
*結合　association　239
*衒飾的言辞　euphuisme　247

　交錯的配語法　chiasme　261-262
*高所記述　hypsographie　203, 204, 206
　語形変更　métaplasme　188
　古語難語趣味　glossographisme　195-196
　語中音添加法　épenthèse　210, 244
*誇張法　hyperbole　258
*凝った語法　cataglottisme　263-264
　誤綴　cacographie　209
　語頭音添加法　prosthèse　270
　語末語添加法　paragoge　189
　語呂合わせ　à peu près　200
　懇願法　déprécation　202

*錯雑体　involution　198

*地口　jeu de mots　187（もちろん！）
　しっぺ返し　antanagoge　？
　死亡通知　nécrologie　まさか
*自問自答　antipophore　247

iv

*弱調法　exténuation　267
*洒落　calembour　204
*重加法　augmentation　？
*修飾法　épithétisme　228
十二音綴詩句　alexandrin　256
縮約　contraction　188
主顕節　épiphanie　249-250
冗語法　pléonasme　贅語法を見よ
*饒舌体　logodiarrhée　219-220
*冗漫体　bombastique　217
省略法　ellipse　237
女性化　féminisation　255
新綴字法　néographie　210
*人物描写　prosopographie　189

スイス語法　helvétisme　なし
スペイン語法　hispanisme　これもなし

贅語法　périssologie　冗語法を見よ
*繊細体　leptologie　209
*前辞反復法　anadiplose　253
*漸層法　gradation　232

*装飾体　anthérologie　234
*挿入句
本文と直接関係を持つ〜　parembole　232
〃　持たない〜　parenthèse　たくさんあるよ

代換法　hypallage　229
*退屈な説教調　capucinade　257

v

*対照法　antithèse　随所
*嘆願法　adjuration　195

*稚拙体　berquinade　192
注意　précaution　？
中くびき語法　mésozeugme　くびき語法（zeugme）を見よ
*註釈　métaphrase　219-220
珍紛漢語法　charabia　201

綴字変更　métagramme　こいつは必要

低くびき語法　hypozeugme　中くびき語法を見よ
添加法　adjonction　くびき語法を見よ
転置法　hyperbate　212
*転喩　métalepse　233
転用　énallage　239

同一格・人称反復法　homéoptote　全然興味なし
頭韻法　allitération　193-194
同音異義語　homonyme　おそらく
頭音節省略法　aphérèse　256
*同義語反復法　datisme　206, 245
倒逆法　hystéro-proton　倒置法を見よ
*同句反復法　épanalepse　208
同語重畳法（一種の）　polyptote（sorte de）　245-246
*同語重複法　diaphore　225
*同語照応法　antapodose　188, 189
同語頭尾配置法　épanadiplose　？
頭語反復法　épanaphore　240-241
*同語反復法　anaphore　244

vi

*同語尾反復法　homéotéleute　201
倒置法　hystérologie　逆置法を見よ
*突飛な話題　matéologie　224
*頓呼法　apostrophe　235
頓絶法　aposiopèse　？

*偽エピグラフ・題名・著者　pseudépigraphe　あたりまえ
日本語法　japonisme　なし

破格構文　anacoluthe　221,259
*反意語対置法　antonymie　257-258
*反語法　antitrope　202-203
*反用　antiphrase　217

尾音節省略法　apocope　260-261
悲喜劇調　crébillonnage amarivaudé　？
*尾語反復法　épiphore　196, 198, 200, 203, 204, 207, 242, 248
響きのわるい語　cacemphate　217

*敷衍語法　épiphrase　240
*付加形容詞
無用の～　épithète oiseuse　200-201
矛盾した～　épithète contradictoire　195
ふざけた語法　jeannotisme　残念ながらなし
不純正語法　barbarolexie　223
*不適切な用語法　acyrologie　193-194
粉飾体　enluminure　202

*ページ（すばらしいページ）　page（une belle page）
227-228
*屁理屈　argutie　238-239

vii

弁護称揚法　antiparastase　？

母音合約　crase　188
母音転換法　apophonie　259
*傍白　a parte　220

*枚挙法　aparithmèse　202
マロ風文体　marotisme　202

耳障りな同音重複　parachème　209

*もじり綽名　annomination　270

*約説　épimérisme　212

*要約　abrégé　215

濫喩　catachrèse　もちろん
*略語　abréviation　201

類音異義語法　paronomase　243
*累積法　accumulation　191, 195
*累陳法　conglobation　222

*列挙法　énumération　207
連辞冗用法　polysyndète, polysynthète　208, 209
連辞省略法　asyndète　おそらくどこかに
など　などなど

解説

本書はジョルジュ・ペレック *Georges Perec* の次の二つの作品の翻訳である。

Les choses—Une histoire des années 60, coll. Lettres nouvelles, Julliard, 1965（Prix Renaudot 1965）.

Quel petit vélo à guidon chromé au fond de la cour ? coll. Lettes nouvelles, Denoël, 1966.

（前者の題名は端的に『物』であるが、翻訳では『物の時代』と改題したことをお断りしておく。）

ペレック（一九三六―八二）はわが国ではその作品がまだ一篇（『眠る男』、海老坂武訳、晶文社、一九七〇）しか紹介されていないので（編集部注―一九七八年の本稿執筆以降、多くの邦訳が刊行されている。末尾の邦訳リストを参照）、一般にはほとんど未知の作家に属するが、フランスでは『物の時代』がすでに廉価版ポケット・ブック《私は読んだ》*J'ai lu*）

に収められているし、高校上級向けの文学史（例えば『一九四五年以降のフランス文学』*La littérature en France depuis 1945*, Bordas, 1970）や教師用の解説書にまで取り上げられているくらいだから、彼の作品はその特異さにもかかわらず、あるいは特異さ故に、すでにかなり広い範囲の読者を持っているのではないかと思われる。

ペレックには『Wあるいは少年時代の思い出』（編集部注―邦訳は『Wあるいは子供の頃の思い出』として一九九五年に人文書院より刊行）、というおのれのアイデンティティを確認しようとした自叙伝の試み（現代はもはやいわゆる自叙伝の書けるような幸福な時代ではないだろう）がある。それは字体を変えて思い出とフィクション（こちらの舞台は強制収容所を思わせるフエゴ島である）を対位法的に組み合わせた作品で、一九二〇年代にワルシャワから移住してきたユダヤ人の若者同士がパリで出会って結婚し、理容院を営み、一男一女をもうける。だが彼らの貧しいながらも幸福な生活は大戦の勃発によって無残にも潰える。自ら志願して兵隊となった父親は休戦の翌日に戦傷死、母親は多分アウシュヴィッツに送られて死亡（真相はわからない）。彼自身は家族の希望を一身に担って育てられていたが、ドイツ軍の占領がはじまると強制収容所送りを恐れた母親が、彼を自由地帯に属するアルプス山中の《子供の家》に送る。カトリックの洗礼。屈辱的な、しかし楽しい共同生活。終戦。孤児となった彼は叔母に引きとられてパリに帰り、小学校から高校へと多感な少年時代を十六区で送る。そんな幼少年時代の思い出が行きつ戻りつ、幾度も訂正・削除・補足・註釈を加えながら暗い調子で語られている。この本のフィクションの部分のイメージはすでに十二歳のころの彼の頭に宿ったものだというから、小さいころから読書の好きな、夢みがちの早熟な少年だったのであろう。

　彼の文学的出発については詳らかにしない。しかしマスペロ書店（この名は『小さなバイク』のなかに何度か出てくるから御記憶の方もあるだろう）発行の『パルチザン』誌 *Partisan* にすでにいくつかの評論（「ヌーヴォー・ロマンと現実拒否」*Le nouveau roman et le refus du réel,* No3 février-mars 1962,「レアリスム文学のために」*Pour une littérature réaliste,* No4 avril-mai 1962,「社会参加、あるいは言語の危機」*Engagement ou crise du langage,* No7,8 novembre-décembre 1962, janvier-février 1963 など。これらは彼の初期の小説を考える上で重要な論文であるが、その主張するところは要するに、戦後のフランス文学史を二分する《参加の文学》と《ヌーヴォー・ロマン》をともに否定して、「歴史的展望に立ち、現実の認識と世界の秩序づけを志向する」全体小説、前革命的《レアリスム文学》という名の第三の道である）を寄せているから、そしてそれが三年を要したという『物の時代』の執筆とほぼ時期を同じゅうしているから、習作の時代、彼はおそらくこの集団の周辺でその思想と感覚を養っていたと思われる。

いずれにしろ、彼の小説の最初の企てはここに訳出した『物の時代』である。しかも幸運にもこの処女作がルネ＝ヴィクトール・ピールの『大黄』（邦訳名『リュバルブの葉蔭に』荒木亨訳、筑摩書房、一九六六）と争って僅差で一九六五年のルノドー賞を獲得した。作者は当時二十六歳で、C・N・R・S（国立科学研究所）のドキュマンタリスト（当時は神経系統の著書・論文のカード索引の作製に携わっていた）であった。

この小説《ロマン》とも物語《レシ》とも言えない、あえて作者自身の言葉を借りれば《消費社会の批判的叙述》の主題については、ここで註釈を加える必要はあるまい。原書の裏表紙に書かれている作者の（と思われる）解説の言葉を引用すれば、

「大変単純・単調であるが、しかしまた極めて独創性に富んだこの物語《レシ》のなかで、ジョルジュ・ペレックははじめて社会学的分析の教えるところを厳密に小説の企てに活用しようとしている。彼は中産階級出身の今日の若い夫婦の日常生活、彼らが抱いている幸福観、

この幸福になぜ彼らが近づき得ないでいるか——なぜなら、幸福は人が手に入れる《物》に縛られ、《物》に隷属しているからだ——その由ってきたるところを描いてくれる。この六〇年代の物語は新しい物語形式を創出しており、極めて鋭い洞察力を持った証言になるであろうことは疑いをいれない。」

ということになる。つまり、一九五〇年代の後半から六〇年代の前半にかけてフランス経済の繁栄とともに急速に出現した《消費社会》のなかで、しかもその消費社会の神話づくりにいそしむ広告業界で働きながら、物への渇望以外何の目的も情熱も持ち得ない一組の若い夫婦を主人公とした《六〇年代の物語》であるが、この大衆社会、消費文化とそれに付随する諸問題はわれわれにも決して無縁ではない。多かれ少なかれ、直接間接に、ほぼ同じ時期のわれわれの生活と思想が対決を迫られた、そしていまなお迫られている問題でもあるからだ。ペレックはこのまだ何びとも文学の主題としたことのないおそろしくアクチュアルな問題にその専門とする社会学的分析のメスを入れているわけだが、それが一片の学術的レポートにとどまらず、文学的緊張によって一個の芸術作品に昇華されるためには、言語と形式への配慮が不可欠であり、作者の苦心も多くはそこにあったと思われる。

事実、そこには文体上、形式上のさまざまな試みがなされており、それらは必ずしも彼の独創ではないにしても、それを構成する要素が彼の独自性のなかで渾然と融合して一つの新しい物語形式を生み出しているのは見事という外はない。翻訳では捉え得ないそういう試みのうち、その幾つかを以下参考までに述べておきたい。

　本文の第一ページ（一一ページ）に外輪船ヴィル＝ドゥ＝モントロー号の版画が現われるが、それは訳註にも記した通り一八四〇年九月十五日、フレデリック・モローがアルヌー夫人に出会った運命の船であり、たとえ他にいろいろな暗示や『サランボー』の国への逃避行がなくても、この小説がフローベールに範を仰いでいることを理解させるに十分であろう。作者自身おどろくほど多くのインタヴューのなかで、繰り返し『物の時代』は『感情教育』を手本にしていること、そこから《ロマン主義的イロニー》とともに船旅とかパリの競売所とか街頭デモ、遺言書の類の素材はもとより、フローベールに親しいかなり冷たい三拍子のリズム《リトム・テルネール》とかたくさんの描写や形容詞を含んでいる文といった文体まで借りていること、そして『感情教育』の三十ないし四十の文をコラージュしていることを率直に告白した上で、これは模作というより《引用の芸術》だと言っている。事実、この小説を読み進むうち、しばしば『感情教育』を読んでいるような錯覚を起こさせる個所にぶつかる。例えば、船がチュニスの港に入って行くときの描写（一三六ページ）を『感情教育』の冒頭の数ページと比べていただきたい。継起的な点描によって同一平面上に人や物や雲を並べる同じような印象主義的文体。用いられる動詞の的確さに加えて、動作を絵として凝固させるための同じような半過去の用法。あるいは単純過去と半過去の極めて意識的な配合や、『感情教育』のなかでプルーストを感嘆させたあの《空白《ブラン》》の効果的な使用（例えば、第一部の最後の文「彼らは自分たちが何ものかに圧し潰されるのを感じるのだった。」一二七ページ）。フローベールと『物の時代』の類似を数え上げたら切りがないが、しかし両者の間には根本的な違いがあることにも注目する必要がある。つまりこの小説には筋もなければ心理もなく、情熱もなければ内的ドラマもない。そして作中人物は主人公さえ多くの場合三人称複数で呼ばれていて（ジェロームとシルヴィがその名で呼ばれるのはやっと十五ページ目の二五ページからである）、何の個性も与えられてはいないということだ。フレデリックは少なくともアルヌー夫人を愛していたが、ジェロームとシルヴィには愛がない。いや愛がないのではなく、それは物質的な幸福追求の情熱の陰に隠されているのだ。

所有への情熱が存在の意志にとって代わっていると言えようか。ここでは人間と人間の関係は夫婦の間にあってさえ問題にならない。あるのは人間と物の関係だけだ。小説の基本的素材とも言うべき物がその本質的な無償性や偶然性のなかで用いられずに、ある社会の批判の道具になっている点にこの小説の特異さがあると言える。

動詞の時制の見事な活用も指摘しておかねばならない。第一章のアパートの描写はすべて条件法現在で処理されている。夢みる二人にとって、それは現実に存在しているのではなく、ただ存在することもあり得るものだからだ。つまりこれは《夢の条件法》と呼んでもいいだろう。ところが第二章に入ると、二人は悲しい現実に転落し、調子が一変する。この転調を効果的に表現しているのが条件法現在から条件法過去への移行である（「この均衡こそ彼らが幸福と呼ぶものであり、彼らは自らの自由や知恵や教養によってこの均衡を守り、その共同生活のなかでたえずそれを発見することができるだろう。」「金持ちになりたい、金持ちになったらきっとそれにふさわしい身の処し方ができるだろう、と二人は思っていた。……」一九―二〇ページ）。とともに、このときからそれまで作中人物に和して共に夢みていた作者の態度が冷たく客観的、批判的なものになる。そして第二節目からは、例えばアパートの整理などで夢がふくらむとき（二四ページ）の外は、ときに単純過去を効果的に配合しながら多くは半過去の描写が第二部の終わりまでつづく。この半過去はフローベールの愛用したものであったが、ここでもこの時制はそれが持つ継続と習慣のアスペクトによって、生きるとは時間のなかで行為の継起を感じることだということを知らず、つねに現実の外にあって物が彼らに与え得る脆く不確かな幸福を受動的に待つ外はない二人の心理を描くのに卓越した力を発揮している。

「多くのものを約束しておきながら、何も与えてはくれないこの世界では精神の緊張があまりに激しく」、「自分たちには避難所が必要であることに思いあたって」（一三一ページ）二人はチュニジアに脱出するが、そこでの生活は《物》の誘惑のない世界である。ひとたび新鮮さとエグゾティスムの魅力が薄れると後にはもう何も残らない。荒涼たる風景は彼らに「彼ら自身の孤独と不毛」（一五九ページ）のイメージを送り返してくる。二人は急にパリ生活への郷愁にとらえられて帰国を決意する。その帰国の旅にはじまるエピローグはすべて単純未来で書かれているが、その前の節（「万事こんな調子の生活を続けて……すてきな別荘や広い庭園を手に入れることもまたおそらくできたであろう。」一六七ページ）

の条件法過去がこの未来形に転調するときの効果はいわば衝撃的である。この未来は《必然の未来形》と呼ぶこともできるだろう（フランス語の未来形は日本語の「……だろう」以上に確実さのニュアンスを含んでいる）。彼らはまた夢をみはじめるが、しかしそれはかつてのような狂気じみた見果てぬ夢ではなくて、おそらくはほとんど確実な事実として予見できるものの穏やかな、覚めた展望にすぎない。「これでは本当に金持ちになることはできないだろう。……いい家に住み、うまい食事をし、立派な身なりができる。何を後悔することがあろう。」（一七六ページ）そして最後の一句「だが、運ばれてくる食事は、はっきり言って、ひどくまずい（だろう）。」（一七八ページ）これが現代のバルナボートの結末だ。こうしてマルカム・ローリの文章ではじまったこの《六〇年代の物語》はマルクスの言葉で終わる。それは自由と《物》を所有したいというやむにやまれぬ、しかし漠然とした渇望から社会的な隷属への、つまり可能性から確実さへの、狂おしい夢から覚めた現実直視へのゆるやかで不可避的な地すべりであり、この地すべりの行きつく果てが第三作の『眠る男』と言うことができるだろう。

『営庭の奥にあるクロムめっきのハンドルの小さなバイクって何？』――『物の時代』と

は逆に人を煙に巻くような長い題名を持ち、おまけに自分のテキストに関する修辞学的索引までつけたこのファルスもその主題については何も言うことはない。要するに、『物の時代』に登場したと同じアルジェリア戦争たけなわのころ二十歳前後であった若者たちの徴兵忌避物語である。ところが問題は簡単な筋立てを無数の滑稽仕掛けでふくらますその奇想天外な文体である。それは一読翻訳を躊躇させるほどの破天荒ぶりで、何とか拙い日本語に移しはしたものの、読者には甚だ申し訳ない言い草だが、翻訳はほとんど原文の調子も風味も伝えていない。伝統的な語彙、統辞法、綴字法の解体、古典的修辞法、詩法のパロディなど考えられるあらゆる種類の《文体練習》、厖大な言葉遊び、それはそこに登場する社会の端役たちと相俟って幻想的、戯画的な世界を現出するが、同時に言語の向こうにある因襲的な現実や、特に戦争の無意味さ、空しさを批判する、しかつめらしい反戦小説のレアリスム以上に有効な武器となっている。

訳文には必要最小限度の註をつけておいたが、訳者には作者の楽しげな修辞学を紹介する能力もなければ（なぜなら、この種の作品を賞味するためには十二分の語学力と広い教養を必要とするからだ）、場所もなかった。ある批評家はこの作品に関して「クロムめっきのハンドルがペレックのものであることは認めよう。だが、フレームにはクールトリーヌ、クランク装置にはボリス・ヴィアン、両輪にはアルフォンス・アレ、アクセサリーにはジャリ、そしてサドルにはクノーという署名が入っているだろう」と皮肉っているが、ここではフランス文学に伝統的なこのジャンルのそれら先輩作家のうち、おそらく作者が最も影響をうけたと思われる二人の作家を思い起こしつつ二、三の蛇足を加えておきたい。

作者はジャリと同じように自分の語彙を学術語や道化た言葉で豊かにすることを楽しんでいる。例えば地中海の対岸に送り込まれようとしている兵隊たちはalgéropètes（アルジェリアに向かう者）、algéroclastes（アルジェリア破壊者）であり、黒人嫌いはmélanophage（黒人を食べる）、左翼嫌いはerythrophobe（赤面恐怖）である。『ユビュ王』の記憶は作者が二人に主人公を目覚めさせるページ（「二人はカラスコンの耳《オネイユ》（誰のことをほのめかしているかおわかりかな？）のなかで木片を燃やして目を覚まさせ……」二五六ページ）に現われている。

クノーの影響は特に著しい。作者のクノーの創立したウーリポ（OUvroir de LIttérature POtentielle（可能性の文学の共同作業場の意）の有力メンバー（メンバーのひとりに日本のワタナベ・カズオ氏がいることを付け加えておこう）であるところからもその直系の弟子と言うことができるだろう。それは隠喩的な表現のなかに（il ôta son uniforme「彼は軍服を脱いだ」と言うところを il extirpa de son enveloppe belliqueuse「戦争の被服を引き抜いた」（一九七ページ）というような）、あるいは形容詞と動詞のパロディ的な積み重ね（touchés au cœur par la muette insistance qui émanait de son intelligent regard, nous nous décidâmes à diversifier nos appréciations「彼の聡明な目から発する無言の懇願に心を動かされて、ぼくらは自分たちの意見にもっと変化を与えることにした」二〇〇―二〇一ページ）や綴字法の愉快な虐殺――しかし、古典的な韻律法の尊重を拒むものではない――のなかに現われている。

Qu'il nous montre son bras minion
Pour qu'on nian fasse un monion
「見せておくれよ可愛い腕
ちょっこら切ってやるかいな。」（二〇六ページ）

またクノーの影響は作者が作中人物たちをしばしばカフェに集める趣味とも無関係ではないし、そのカフェでは Lukasse, Heliphore, Hégueule et autres olibrii de la même farine（「路加知《ルカーチ》、江里彫《エリ・フオール》、平下留《ヘーゲル》その他同じ穴の奇人たち」一九一ページ）について侃侃諤諤《かんかんがくがく》の論争が闘わされる。

以上作者の親愛な師と思われるジャリとクノーの影響について二、三の例をあげてみた。こういうパタフィジシアン流の学問がこの《叙事詩物語》にはいたるところ鏤《ちりば》められていて、例をあげようとすれば各行各句に亘らねばならないありさまだが、その一斑は親切にも（だが読者よ、この親切には眉に十分唾を塗って対して下さい！）作者自身が巻末に付してくれた「索引」によって知ることができるであろう。（ついでに「索引」について一言すれば、この表のなかには日本語になっていないものが三分の一近くもあり、古いフランス語の辞書や修辞学辞典に当たって用法を調べ、これを日本語の術語らしいものに訳したので、意味の通じないものや訳者の誤解も多々あることと思われる。読者の寛恕をお願いしたい。）いずれにせよ、ときにはワルふざけや稚拙な道化があるにしても、推理小説もどきのサスペンス（出発するだろうか？　しないだろうか？　カラショーズの運命は結局どうなったのだろうか？　などなど）さえサービスに組み込んであるこの凝ったファルスが、フランス人のように食欲増進に役立つところまでは行かなくても、この拙い訳によってもなお読者の脇腹ぐらいはくすぐることを期待したい。

ペレックは『失踪』（編集部注―邦訳は『煙滅』として二〇一〇年に水声社より刊行）のなかで次のように述べている。

「彼はそのときまで、特に、自分の立場や自分の自我、自分の住む社会環境、自分の適応性、非適応性、人間の事物化にまで到ると言われた消費に対する趣味を語ってきたが、一方では、記号表現の絶対的な優位性を主張する流行の教義に影響をうけ、支えられて、自分の意のままになる道具を深く究めたいと思った。」（実はこの文章にも母音字Eが一字も使われていない。曰く《失踪》！）

ここに訳出した『物の時代』と『小さなバイク』は一見大変異質な文学であり、誰しも疑問を感じるに違いない両者の関係は右の言葉によってもある程度理解されるであろう。そしてこの言葉のごとく、彼はその後ますます《意のままになる道具》の探究に凝り出したように見える。現在彼は熱心なウーリポ会員で、週刊紙『ル・ポワン』のクロスワード・パズルの出題者でもあるらしい。一昨年は『アルファベット』という一行十一字からなる十一行詩をミュジック・セリエルのように複雑に組み合わせた一七六の詩を集めたまさに《可能性の文学》流の詩集を出版した。ペレックは一体どこまでこの道具を究めつくそうというのだろうか？

最後に本書所収の二篇を除くペレックの作品のリストを掲げておく。

『眠る男』*Un homme qui dort*, coll. Lettres nouvelles, Denoël, 1967.
『失踪』*La disparition*, coll. Lettres nouvelles, Denoël, 1969.
『帰ってきた人びと』*Les revenentes*, coll. Idée fixe, Julliard, 1972.（revenentes という単語はフランス語になく、彼一流の造語と思われるので、一応上記のように仮訳しておく。）
『機械』*Die Maschine*, Reclam, 1972.
『暗い店』*La boutique obscure*, coll. Cause commune, Gonthier, 1973.
『さまざまな空間』*Espèces d'espaces*, coll. l'Espace critique, Galilée, 1974.

『Wあるいは少年時代の思い出』*W ou le souvenir d'enfance*, coll. Lettres nouvelles, Denoël, 1975.

『傷心』*Ulcérations*, Bibliothèque oulipienne.

『囲い』（私家版）*La clôture*.

『アルファベット』*Alphabets*, Galilée, 1976.

『私は思い出す』*Je me souviens*, coll. POL, Hachette, 1978.

〔共著〕

『精巧な囲碁術入門』*Petit traité invitant à l'art subtil du go*, Bourgois, 1969.

ウーリポ『可能性の文学』Oulipo, *La littérature potentielle*, coll. Idées, Gallimard, 1973.

〔翻訳〕

ハリー・マッシューズ『アフガニスタンの緑の芥子菜畑』Harry Mathews, *Les verts champs de moutarde de l'Afghanistan*（原題 *Tlooth*）, coll. Lettres nouvelles, Denoël.

ハリー・マッシューズ『オドラデック・スタヂアムの沈没』Harry Mathews, *Le naufrage du Stade Odradek*（原題 *The sinking of the Odradek Stadium*）, coll. Lettres nouvelles, Denoël.

なおペレックは映画になった自作の小説『眠る男』の脚色によって、一九七四年にジャン・ヴィゴ賞を受賞している。

この翻訳には田中千春さんの御協力を得た。記してあつくお礼申し上げる。また編集部の上田雄洸、小島徳治両氏にはいろいろと大変御苦労をおかけした。心から感謝の意を表したい。

一九七八年一月

訳　者

※「解説」は一九七八年刊の白水社版のものを転載しました。

◎ジョルジュ・ペレック邦訳作品リスト（『物の時代・小さなバイク』白水社版刊行以降のもの）

『人生使用法』（酒詰治男訳、水声社、一九九二年）
『Wあるいは子供の頃の思い出』（酒詰治男訳、人文書院、一九九五年）
『考える／分類する』（阪上脩訳、法政大学出版局、二〇〇〇年）
『エリス島物語』（酒詰治男訳、青土社、二〇〇〇年）
『さまざまな空間』（塩塚秀一郎訳、水声社、二〇〇三年）
『美術愛好家の陳列室』（塩塚秀一郎訳、水声社、二〇〇六年）
『煙滅』（塩塚秀一郎訳、水声社、二〇一〇年）
『家出の道筋』（酒詰治男訳、水声社、二〇一一年）

訳者略歴

弓削三男

1922年生まれ。九州大学文学部仏文科卒業。ストラスブール大学、パリ大学留学。早稲田大学名誉教授。訳書に、ジャン・ケロール『異物』『真昼　真夜中』(白水社)、「他人の愛を生きん」(主婦の友社、『キリスト教文学の世界5』所収)、ジャン・ペロル詩集『遠い国から』(思潮社)、コレット「軍帽」(二見書房、『コレット著作集12』所収)など。

＊今日の人権意識に照らして不適切と思われる語句や表現については、
時代的背景と作品の価値をかんがみ、そのままとしました。

物の時代　小さなバイク

2013年5月1日初版第一刷発行

著者：ジョルジュ・ペレック

訳者：弓削三男

発行者：山田健一

発行所：株式会社文遊社

東京都文京区本郷4-9-1-402　〒113-0033

TEL: 03-3815-7740　FAX: 03-3815-8716

郵便振替：00170-6-173020

書容設計：羽良多平吉 @EDiX

DTP：荒川典久

本文基本使用書体：本明朝小がな Pr5N-BOOK

印刷：シナノ印刷

乱丁本、落丁本は、お取り替えいたします。
定価は、カバーに表示してあります。

Georges Perec, *Les choses—Une histoire des années 60*, Julliard, 1965.
Georges Perec, *Quel petit vélo à guidon chromé au fond de la cour ?*, Denoël, 1966.
 Printed in Japan.　ISBN 978-4-89257-082-7